周芷若的人生哲學

韓莓◆著

武俠人生叢書序

全世界華人的共通語言——金庸武俠小說，世代不再只是文字想像，它早已幻爲千百個化身：漫畫、電玩、電視劇、電影、布袋戲、線上遊戲……，不管是本尊抑或是分身，銷售率與收視率都相當可觀，儼然成爲一個新世紀的流行文化標記。

就出版的角度來看，從金庸武俠小說所延伸出來的各種議題，皆競相成爲出版的賣點，如金庸武俠小說世界中的愛情、武功、醫術、文化、藝術……等，都能受到讀者的歡迎，男女老少皆宜；當然，我們尙列了古龍、溫瑞安……等武林名家筆下的各知名小說人物供讀者玩賞、品味。

生智文化事業有限公司的相關企業「揚智文化事業股份有限公司」原有近三十本的「中國人生叢書」，擁有穩定的讀者群，在這樣的基礎上，生智文化特推出「武俠人生」系列叢書，爲求接續「中國人生叢書」的熱潮，一秉初衷，繼續爲讀者服務。

本系列叢書係以武俠小說主角人物爲主，一人一書；爲延續「中國人生叢書」的主題內容風格，「武俠人生叢書」乃以小說人物的「人生哲學」爲主軸，期能提供讀者不同的切入點，品評小說人物的恩怨情仇，唯寫法類似一般著名人物的評傳。同樣的小說，不一樣的閱讀方式，帶來的絕對是另一種新的樂趣。生智文化事業希望您可以在「武俠人生」裡盡情涵泳，在武俠小說與人生哲學之間來去自如，逐步打通任督二脈，使您的功力大增，屆時您將可盡情享受不那麼一般的人生況味！

誠所謂「快意任平生」！本系列叢書深論武俠人物的愛恨情仇等「人生哲學」，作者筆下可謂是感性、理性兼具，在這新世紀的流行文化出版潮流裡，爲男女老少消費群們，提供一個嚼之有味、回味再三的讀物。

生智編輯部　謹誌

自序

我肯定算不上是一個金庸迷，同時也算不上是一個武俠小說迷，但我還是饒有興味地讀完了《倚天屠龍記》。掩上書卷最後一頁的時候，我對自己說：「這裡有一片啓發新思維的天地。」

嚴格說來，金庸武俠小說裡所寫的都是具有特定歷史背景的前朝故事，所使用的語言也頗帶有些古白話的遺風。那麼，我所謂「啓發新思維」又從何而來呢？我以爲金庸小說最吸引人之處，同時也最具啓發意義之處不在於故事的精彩與人物的刻畫，而在於小說深厚的歷史積澱和瑰麗的文學想像。如果說講故事是大部分優秀武俠小說作家的特長，那麼相較之下，金庸寫作更具有一種史家眼光與赤子情懷。

對文學創作規律略有瞭解的朋友都知道，想像是文學創造的根芽。爲什麼人類童年期流傳下來的那些瑰麗的神話可以欣賞，卻再無從創造？是因爲我們已經走過了童年，而我們知道了月亮上面的環型山，就無法再創造嫦娥奔月的故事；我們坐在電視機前透過氣象雲圖瞭解西伯利亞冷空氣的活動，就很難再體會古人面對宇宙諸神的敬畏嗎？每當我外出旅遊，聽到幾乎每一個風景點都少不了《西遊記》的故事，或者東海龍王的鎮海之寶，或者仙女下凡與農夫結親，或者……，我常常為人們想像力的匱乏感到悲哀。

或許孩子可以給我們以希望？我們羨慕孩子的純眞，也常在孩子們奇異的想像面前感到自己思維的衰老。然而可悲的是，孩子們也會長大，而現在的情形是，即便他們的身體還沒來得及長大，他們的思維也越來越接近大人了。於是，我們在孩子身上寄予的希望也就有著落空的時候。

一方面是文學創造需要想像；另一方面是人們的想像力逐漸衰退；而武俠小說，又常常被當作是成人的童話來閱讀和欣賞，武俠小說可以滿足讀者的心理期待嗎？

我認為金庸做到了這一點。

在他的筆下，三山五嶽皆有靈氣，一招一式皆通靈氣。那些撲朔迷離的比武場面、那些鬥智鬥勇的曲折故事，首先滿足讀者的不是對結果的渴望，而是對想像的補白。更難能可貴的是，金庸小說的想像不是漫無邊際、虛無飄渺的，他們都以一定的歷史階段做背景，而金庸又以史家的嚴謹爲他的故事營造了一個濃郁的歷史氛圍，有些地方甚至引史書爲佐證，這就讓我們不由得相信他故事中的想像言之鑿鑿，似非而是了。這是金庸的技巧——我以爲也是他武俠小說獨具美麗的奧妙所在。

其實，閱讀是一件非常個人化的事情，我的感受我寫下了，至於大家的感受，我想一定在各人心裡。

目錄

評語 187

附錄部分 207

周芷若的人生哲學

緒論

讀罷金庸的長篇武俠小說《倚天屠龍記》，正當人們無法對結尾處，張無忌左環右繞，畫眉深閨的「百感交集」心領神會的時候，金大俠自己在《後記》中爲讀者解了圍：「事實上，這部書情感的重點不在男女之間的愛情，而是男子與男子的情義。」

——果眞如此？

也許如此。

也許並非如此。

讀金庸的小說，如果沒有依循「俠」、「義」、「情」三個字作爲進入他筆下武俠世界的通道，那恐怕永遠都只能置身江湖之外了。而在這三個字當中，「俠」、「義」自不必說，那是武俠小說不可或缺的重要元素，唯獨這個「情」字，卻是金庸作品與衆不同的高妙所在。臺灣著名的女作家三毛，生前與友人談到金庸小說的時候說：「我曾對金庸先生說，你豈只是寫武俠小說呢？你寫的包含了人類最大的，古往今來最不能解決的，使人類可以上天堂也可以下地獄的一個字，也就是情字。」這個「情」，廣義言之包含親情、友情；狹義來說則專指男女之間的愛情。具體到《倚天屠龍記》，作爲金庸「射鵰」三部曲的第三部，是金庸所有武俠小說排行榜中名列前幾部的重要作品（不同的讀者和研究者對金庸作品的排序有所不同，但無論怎樣，《倚天屠龍記》都是一部受到相當重視的小說），這個「情」字非但不可缺少，而且別具味道。我以爲，與金庸其他作品相比，《倚天屠龍記》中的男女愛情雖不是主人公情感的主線，卻是他成長過程中的一個個扭結，簡言之，張無忌透過男人學藝，透過女人成長。小說中與他生活緊密相關的四位女性——周芷若、趙敏、殷離、小昭——每個人都在張無忌的成長過程中留下了不可磨滅的印記，她們的善良、熱情、執著；她們的心機、詭計、冷酷等，都是張無忌人生與情感教育中最生動和最深刻的課程，從這個意義上來說，男女之間的愛情正是《倚天屠龍記》的匠心之所在。金大俠本人也十分明白「情」字在這部小說中的作用，他說：「這部書中的愛情故事是不大美麗的，雖然，現實性可能更加強些。」《倚天屠龍記．後記》

如果想領教利欲熏心對一個女人的毒害，那就看看周芷若從人到妖的蛻變。

如果想瞭解美麗溫柔對一個男人的蒙蔽，那也看看周芷若從弱到狠的轉換。

然而，害人終害己，聰明反被聰明誤。周芷若最後精神的崩潰和行爲的回歸，從全篇結構來說雖頗顯突兀，但也不無勸喻之意。

《倚天屠龍記》中，與張無忌發生情感糾葛的女性主要有四位（如果我們將他朦朧的初戀情人朱九眞排除在外的話），但他關於女人的第一課，卻是母親殷素素臨終前的一番言傳身教。數十年前，張無忌隨父親張翠山，母親殷素素從北極冰火島回到中原，在武當派祖師張三豐的百歲壽宴上，張翠山因不願說出義兄金毛獅王謝遜的下落，加之替妻子承擔殘害師兄的罪責，毅然當場自盡。殷素素見夫君已逝，決意自殺殉夫。臨終前，爲了讓謝遜的下落成爲一個無從追查的懸念，她騙得少林派空聞大師趨前，假意告訴他謝遜的下落，實際上使的是「移禍江東」的計策。正當空聞大師一頭霧水之時，殷素素向獨生愛子道出了讓他受用一生的金玉良言：「孩兒，你長大了之後，要提防女人騙你，越是好看的女人越會騙人。」當時的張無忌，年不過十歲，事未經幾番，對母親的話與其說是領會了，不如說是記住了，因爲，再也沒有比生身母親的臨終遺言更讓一個孩子銘記終身的了。

但張無忌在他以後的人生中還是受騙無數。其中，騙得他最苦最慘的，正是少年時粥飯殷勤，長大後心狠手辣的峨嵋派掌門周芷若。如果說《倚天屠龍記》中，小昭的欺騙不無善意，趙敏的欺騙有些坦蕩，殷離則自始至終生活在蒙和騙的世界裡，那麼，只有周芷若的欺騙是一個變數，一個人心無常，權欲亂性的標本。

周芷若在小說中出場的時候還只是一個年幼失怙的船家貧女，衣衫敝舊，赤著雙足，容貌秀麗，楚楚可憐。她的父親不過是漢水上的一介船夫，在運送明教頭領和少主的時候不幸被元軍射殺。武當派掌門張三豐見她可憐，就把她帶在身邊。後來考慮到她身為女性，日後上武當山多有不便，便送到峨嵋派掌門滅絕師太門下習武學藝。如果天資平平，她也許不會受到滅絕師太的特別垂青；如果沒有臨危受命，得知倚天劍和屠龍刀的秘密，她也許不會興起號令天下的野心；如果能與張無忌順利成婚，她也許不會在陰毒險惡的路上走得那樣遠，最後不見容於武林，也不見容於自己的內心。關於周芷若，我們可以列出許多的「如果」和「也許」；但是，我們不要忘記，在人生的每一個十字街頭，每個人都只能做出一種選擇，周芷若的選擇中有些是情非得已，而更多的時候，是她自己的決定。她的心計、她的狠毒、她的貪慕榮華、她的權欲熏心都來自於她的人生哲學。

而這，正是我們在本書中想探尋的。

周芷若的人生哲學

生平篇

離亂孤女歎浮萍

周芷若是貧家之女。

元末年間，蒙古統治者橫徵暴斂，中原大地民不聊生，有明教人士周子旺在江西袁州起事，怎奈勢單力薄，不久就被元軍撲滅，起事的明教弟子也被剽悍的元軍殺得四散逃竄。

這一日，周子旺的部下常遇春護送幼主從信陽南下，一路上被元軍及他們派來的鷹爪窮追不捨。來到漢水之濱，常遇春打算棄岸行舟，走水路前行。可他剛踏上一隻小船，元軍就搭弓放箭，一箭射死了船夫。常遇春雖然身受內傷，又歷經長途逃難，但仍一面保護著幼主，一面奮力划槳希望擺脫追兵。這時，元軍的一隻大船緊跟了上來，不多時便趕上了他的小船。元軍再次搭弓放箭，不但射殺了作為明教首領幼主的男孩，而且還射傷了常遇春，並跳上小船準備生擒「普天之下要捉拿的欽犯」。

眼見小船上的人性命不保，一位恰巧途經漢水的白髮道長毅然出手解圍。

這位道長就是武當派一代宗師張三豐。

原來，張三豐的第五位徒弟，人稱武當張五俠的張翠山自與妻子，天鷹教紫微堂堂主殷素素在北極冰火島成親後，生下了兒子張無忌，並與脅迫他倆來到冰火島的金毛獅王謝遜義結金蘭。十年後，張翠山夫婦帶著獨生愛子回到大陸，可還沒上武當山，張無忌就被神秘番僧擄去。張翠山本想強壓心頭憂慮為師父祝賀百歲大壽，無奈他的義兄金毛獅王謝遜在江湖上結怨甚廣，手中又握有武林中人無不渴求的屠龍寶刀，所以，武當掌門張三豐的百歲壽宴，實際上成了武林各派向張翠山討問謝遜下落的發難聚會。張五俠行走江湖，義字為先，自然不肯說出謝遜的下落，加上他的妻子曾經做過對不起同門師兄的事情，他只有代妻受過。於是，在恩師張三豐的壽宴上，張翠山拔劍自刎。殷素素見夫君自盡，使一個「移禍江東」的計策，假意騙少林派空聞大師到近前，似乎是用耳語告之了謝遜的下落，實際上並未吐露實情，然後在兒子身體掩護下自盡殉夫。

可憐少年張無忌在北極冰火島無憂無慮地生活了十年之後，初回中土就屢遭劫難。被番僧擄去，實際上是想從他的口中打探其義父的下落；在張三豐百歲壽宴上被押回武當，實際上也是爲了以愛子要脅張翠山夫婦。可令番僧始料不及的是，張氏夫婦雙雙當場自盡，他自己則在張三豐內力的逼懾下將張無忌留在了武當山。張無忌目睹父母雙亡，又身中陰毒無比的玄冥神掌，眼見便不久於人世，這一切都激起了武當掌門張三豐的無限愛憐，加之張翠山生前是張三豐最中意的愛徒，臨死前又曾將獨生愛子託付給師父。爲了挽救張無忌的生命，張三豐毅然不辭舟車勞頓、不顧百歲高齡、不吝掌門之尊，隻身帶著張無忌前往少林寺求教玄冥神掌的唯一破解功夫——九陽神功。

但少林之行無功而返。正當張三豐帶著病入膏肓的張無忌渡漢水，回武當的時候，他們遇上了遭元軍追殺的常遇春。張三豐嫉韃子如仇，對英雄好漢惺惺相惜，況且他百年修爲，何等武功？十幾個番僧和蒙古官兵自然不是他的對手，說話間他已擊退敵兵，救下常遇春。

張三豐救下的不只有常遇春，還有一個孤苦伶仃的船家女孩，我們本書中的主角——周芷若。

那一年，周芷若大約十歲光景，雖然衣衫襤褸，赤著雙足，伏在常遇春剛上船時就被元軍射殺的船夫身上哭泣不止，但貧苦和悲哀掩蓋不住她姿容秀麗，是一個絕色的美人胎子。張三豐見她可憐，便關切詢問她的情況，還好心想請船老大送她回家。

可周芷若已經無家可歸了。

顯然，周芷若的父親，就是那位已經被元軍射殺的周姓船夫。一直以來，他帶著女兒周芷若以船爲家，在漢水上操舟爲生。而周芷若的母親，據她自己後來說，是一位姓薛的世家小姐，本是襄陽人氏，襄陽在元軍的猛攻下城破之時，這位薛小姐隨著人流逃難南下，淪落無依，於是就嫁給了漢水上的周船夫，還生下了一個美麗的女兒周芷若——不難猜測，周芷若這個名字想必也是薛氏所取，難怪張三豐在問了她的名字後心想：「船家女孩，取的名字倒好。」

當時的張三豐，是武林中萬人景仰的武當派掌門，百歲眞人道長，平日裡他深居簡出，現身江湖尚且不易，更談不上與人交手一展武功了。明教中人常遇春得知張三豐的法號後，不僅「啊」的一聲，翻身坐起，口稱自己有眼不識泰山。常遇春說自己是「今生有幸，得遇仙長」，其實，眞正三生有幸的，還是秀美的船家貧女周芷若，從遇到張眞人的那一時刻起，周芷若就開始了她與衆不同的人生。

有道是吉人天相，芷若仙相。

習武峨嵋入紛爭

武當派掌門張三豐在搭救了明教俠士常遇春和船家孤女周芷若後，四人同舟而行。爲了避開元軍的搜捕，他們沿途停留只能捨大驛而取小站，夜晚二更時分到達可以投宿的太平店。本來經過一天的奔波，船上的四個人都已經十分疲憊和饑餓了，張三豐爲了替張無忌餵食，請常遇春和周芷若先吃，可張無忌想到自己性命危在旦夕，心中悲苦，食之不得下咽。這時周芷若從張三豐手裡接過碗筷，一面體貼地請張道長先吃飯，一面溫柔地勸解張無忌：「小相公，你若不吃，老道長心裡不快，他也吃不下飯，豈不是害得他餓肚子？」

幾句輕言細語，就說得張無忌心中有了十分的不忍。在張無忌的心目中，他對這位太師父是滿懷敬愛之心的。父母自盡之後，他就把張眞人當作了自己至親之人，因此，張無忌斷不願讓張眞人爲了自己的病損害了身體，所以，當周芷若把飯送到嘴邊時，無忌張口便吃了。

周芷若只有十歲的年紀便能如此善解人意，這與其說是她多受教誨，不如說是與父親顚沛流離，相依爲命生活的切身感受。貧寒的生活不僅讓她懂得理解別人，而且還處處關心照顧別人。在餵張無忌吃飯的時候，周芷若將魚肉和雞骨都細心地剔除乾淨，還在每口飯中加上了肉汁，使得張無忌吃起來十分香甜，原本食不下咽的他，不知不覺中竟吃下了一大碗飯。

張三豐見此情景心中頗感欣慰，暗自想：「無忌這孩子命苦，自幼死了父母，如他這般病重，原該有個細心的女子服侍他才是。」實際上，在張三豐心裡，已經肯定了周芷若溫柔善良，細心體貼的性情。餐後，常遇春向張三豐告別，準備帶著周芷若離開小船上路。周芷若又向張無忌叮囑道：「小相公，你要天天吃飽飯，免得老道長操心。」張三豐則對周芷若說：「小姑娘，你良心甚好，但盼你日後走上正途，千萬別陷入邪魔才好。」

其實，張三豐道行高深，生性豁達，對待江湖上所謂正邪兩途，原本是沒有多少偏見的。他曾經對自己的愛徒，張無忌的父親張翠山說：「正邪兩字，原本難分。正派中弟子若是心術不正，便是邪徒；邪派中人倘若一心向善，那便是正人君子。」雖然自己的兩位愛徒因邪教的關係一死一殘，張三豐對邪教不免心生憎恨，但他對張翠山的這番話卻不失為武林一代宗師的眞知灼見，我們也可以把這看作是點撥周芷若未來命運的一句讖語，因為由正變邪，改邪歸正，這就是周芷若的人生。

然而常遇春和周芷若卻沒能與張氏二人就此道別過，原因就是周芷若臨行前的一句叮嚀惹得張無忌黯然：「多謝你好心，可是……可是我沒幾天飯可吃了。」如此悲觀傷感的話語出自一位十二歲少年之口，常遇春不免驚問緣由，張三豐這才據實相告，說明張無忌毒重難癒，來日無多。原本常遇春自己身受內傷，在別過張氏二人後正打算去求「蝶谷醫仙」胡青牛療治，現在得知張無忌重病在身，他當然知恩圖報，建議張三豐允許他帶張無忌一起前往蝶谷治傷。

既是常遇春帶著張無忌前往蝶谷求醫，自然不能再將周芷若帶在身邊。於是張三豐道：「那麼這個小姑娘，便由我帶上武當山去，另行設法安置。」

次日天明，同船的四人再次分手。張無忌因為要和太師父分手心中淒涼，淚如泉湧，周芷若從懷中取出一塊小手帕，替他抹去了眼淚，又將手帕塞在他的衣襟之中。回到岸上，周芷若跟隨張三豐蜿蜒西去，一路上還不斷回頭，揮手向目送他們二人的張無忌告別。

有道是十年修得同船渡。張無忌、周芷若二人在青春年少，情竇未開之時就曾經有了這樣一段同船的情誼，而這次的經歷對兩個人的未來都產生了重要的影響。如此安排不能不說是作者的一番巧思妙構，而從另一個角度來說，少年時的記憶深刻而美好，這也為日後張無忌多次蒙受周芷若的欺騙埋下了伏筆。

江邊分別後，張三豐帶著周芷若踏上了返回武當山的旅程。後來，張三豐考慮到武當山為道士清修之地，周芷若上山必有諸多不便，於是揮函與峨嵋派掌門滅絕師太聯絡，將周芷若引見到峨嵋派門下。在張三豐看來，峨嵋乃當今武林正派，而且派中女弟子眾多，周芷若投身其中正得其所。可他有所不知的是，峨嵋女俠中各人性情迥異，掌門滅絕師太人如其名心狠手辣，女弟子中丁敏君利舌如槍，其他人等覬覦掌門候選之位相互明爭暗鬥，周芷若進入其中，實際上就是捲入了一個紛爭的漩渦。

臨危受命知天機

周芷若投身峨嵋門下，七年多來潛心習武，小心爲人。峨嵋派掌門滅絕師太見周芷若悟性奇高，進步神速，不僅對她「青眼有加」，將峨嵋派的鎮派之寶峨嵋九陽功傳授給她，還不時當著衆弟子的面誇獎周芷若，說本派將來要發揚光大，多半要著落在她的身上了。

滅絕師太說者有心，衆弟子聽者更有意。不少弟子跟隨滅絕師太多年尙得不到師父的嘉許，看到周芷若年紀輕輕，學藝又晚反倒後來居上，都不免心生醋意，這其中最容不下這位師妹的，就是被明教中人彭和尙稱爲「毒手無鹽」的丁敏君。丁敏君爲人氣量狹窄，嫉妒心重，而且還十分熱衷於打探他人隱私，操握在手中成爲日後要脅他人的籌碼。雖然周芷若自入師門以來侍奉師父，尊重同門，並沒有錯處授人以柄，但丁敏君還是對她心存防範，總想透過一些較量打探周芷若的虛實，也盼著假他人之手給這位小師妹一點教訓。

這個機會在峨嵋派弟子與殷離交手之時獲得了。

這是張無忌與周芷若在漢水之濱作別之後的首次見面。這時的張無忌，經常遇春帶領到「蝶谷醫仙」胡青牛處學得了精湛神奇的醫術；又護送峨嵋女俠紀曉芙的幼女楊不悔前往崑崙山，將她交給了其親生父親、明教光明左使楊逍；在歸途中，張無忌被朱長齡、朱九眞父女欺騙，說出了義父金毛獅王謝遜的下落，在識破了他們的詭計後，又被追趕誤入山洞，後因禍得福，在錦繡山谷從猿猴腹中取得九陽眞經，練成九陽神功，治好了少年時中的玄冥神掌；出山洞後，張無忌又被朱長齡使奸計騙得墜下萬丈懸崖，雖摔斷了腿，可保住了性命，被村女殷離所救，張無忌又透過殷離發力打敗了崑崙派掌門何太沖夫婦等人，峨嵋派弟子丁敏君也在這一場打鬥中被折斷腕骨。

當時的張無忌衣衫襤褸，蓬頭垢面，因此沒有人識得他的眞實身分。但他一看見周芷若，還是很快認出了這位昔日漢水中的船家女孩。周芷若身著蔥綠衣衫，身法輕盈，容顏秀雅。丁敏君見同門前來，便以師姊的身分命令周芷若上前與殷離過招。周芷若先溫言相勸，但見師姊動怒，則滿口應承下來，並與殷離連拆二十餘招。

正當兩人打得難解難分，周芷若忽然眉頭緊皺，身形搖晃，握住自己的心口敗下陣來。丁敏君見周芷若吃到苦頭連忙上前攙扶，她發現周芷若不但身體搖搖欲墜，而且搭在自己肩上的手也毫無力氣，顯然受傷不輕，心裡不免暗自高興。可她沒有聽到殷離在她走後對周芷若的評價：「厲害！厲害！」

殷離所說的「厲害」，不是指周芷若的武功，而是指她的心計。

原來，周芷若壓根就沒有受傷。當殷離一掌打她的肩頭時，她使出峨嵋九陽功在肩上生出內力，不但將殷離的手掌彈開，還震得殷離手掌微微酸痲，所以，所謂受傷不輕，站立不穩完全是迷惑旁人，確切地說，是迷惑師姊丁敏君的假像。

一個年紀不過十七、八歲的姑娘，在情勢所迫下不得已出手，卻能使出這樣一個既不得罪同門，又保全自己，還給對手留有餘地的招數，心計之深可見一斑了。

殷離與張無忌得勝一時不敢久留，想方設法要擺脫峨嵋派的追殺，可不久就被滅絕師太發現行蹤，殷離遭師太打斷腕骨，與張無忌一樣被放在雪橇上由峨嵋派衆人押送。在前行途中，峨嵋派先後與明教銳金旗和天鷹派殷野王遭遇，滅絕師太手下無情，一把倚天劍殘害了不少明教俠士。張無忌對此無比義憤，便挺身而出仗義執言，還主動身受滅絕師太三拳，解救了不少明教武士。這一切，周芷若都看在眼裡，急在心裡，她有心相助可又畏懼師父和同門震怒，於是假借維護師父和峨嵋武林大派的名譽，暗中幫助張無忌少受痛苦。

但周芷若終究還是傷害了張無忌。

在崑崙山光明頂上，被稱爲武林正派的六大門派武當、崆峒、少林、華山、崑崙、峨嵋相約合力圍攻明教，張無忌在明教衆人都身受重傷無力還擊的情況下獨力抗爭，先後戰勝各路高手。在與滅絕師太和衆弟子周旋的過程中，張無忌巧施功夫，從滅絕師太手中奪得倚天劍，倒轉劍柄，將它交到周芷若手中。

「芷若，一劍將他殺了！」忽然，周芷若的耳中傳來了師父滅絕師太的厲聲斷喝。

殺他，還是不殺，在事關張無忌生死的時刻，周芷若閃過些什麼念頭？她想到在峨嵋衆俠圍攻張無忌時，張處處袒護自己，如此師父和衆人必然懷疑自己與張無忌有私情，如果因此被師父逐出師門，不僅今後沒歸宿，而且也將成爲武林中衆人所不齒的叛逆，張無忌待自己不錯，但怎可存心爲他背叛師門，況且師父對待自己恩重如山，唯師命是從天經地義。於是，滅絕師太號令一出，周芷若手起劍落，一劍刺中張無忌的胸口——還好，揮劍之時周芷若心存不忍，手腕微偏，只傷及張無忌的右肺，並沒有取其性命。

周芷若有負了張無忌的信任，但張無忌卻理解她的難處並不記恨。在後來峨嵋及武林其他各派高手遭蒙古郡主趙敏及其手下施毒、武功無法施展，並被囚禁在大都寺廟高塔內的時候，張無忌屢次暗中相助，又在明教光明右使范遙的內應下準備解救武林諸俠。

滅絕師太以爲自己無法活著走出高塔，已經在考慮掌門的繼位人選。她藉由長時間的觀察，認爲周芷若的武功現階段雖還不夠深厚，但練功習武關乎天資，非人力所能強求，周芷若天資聰慧，日後必有大進。「不可限量，便是這四個字。」況且滅絕師太已然洞察張無忌對周芷若的情義，料想她必然可以在張無忌的關照下逃出高塔，並利用自己的美貌爲峨嵋派奪回倚天寶劍，承擔起復興峨嵋派的重任。爲了讓生性柔和溫婉的周芷若擔當起如此艱巨的責任，滅絕師太在將峨嵋掌門鐵指環傳給周芷若之前，讓她依照師命發誓：

「小女子周芷若對天盟誓，日後我若對魔教教主張無忌這淫徒心存愛慕，倘若和他結為夫婦，我親身父母死在地下，屍骨不得安穩；我師父滅絕師太必成厲鬼，令我一生日夜不安，我若和他生下兒女，男子代代為奴，女子世世為娼。」

如此毒辣的誓言，如此惡毒的詛咒周芷若聞所未聞。儘管她一再推脫擔當掌門重任，一來感到自己無力服衆，二來也有違情感的依歸，但在師尊的嚴命之下，周芷若只得含淚發誓，然後接受了象徵掌門之尊的鐵指環。

成爲峨嵋派第四代掌門後，周芷若得知了武林中的一大秘密。

這樁秘密事關倚天劍和屠龍刀兩件武林至寶。

當時武林流傳著一句話：「武林至尊，寶刀屠龍，號令天下，莫敢不從，倚天不出，誰與爭鋒。」武林人士大都知道，屠龍刀和倚天劍鋒利無比，其中倚天劍是峨嵋派掌門滅絕師太手中兵器，而屠龍刀則命運多桀，輾轉多人之手，最後被明教金毛獅王謝遜奪得，並隨著金毛獅王的人間消失而不知所終。雖然許多人連屠龍刀的眞容都不曾一見，但僅僅憑著「武林至尊，寶刀屠龍，號令天下，莫敢不從」十六個字，憑藉擁有它就可以稱雄武林，號令天下的猜想，便撩撥起了無限的權利欲、支配欲和佔有欲。自《倚天屠龍記》第三回開始，武林中對屠龍寶刀的爭奪就從未停息，海沙派、巨鯨幫奪刀不得，武當派弟子俞岱巖因刀惹禍上身，謝遜手握寶刀十年思索不得其妙，張無忌的父母因不願說出謝遜的下落而雙雙自盡。武林六大門派圍攻明教崑崙山光明頂失敗後，在返回中土的過程中被蒙古郡主趙敏帶領西域高手設計陷害，不但擄去了峨嵋派掌門滅絕師太的倚天劍，而且對屠龍刀的下落也格外關注。

那麼，屠龍刀到底好在哪裡？

屠龍、倚天並稱奧妙何在？

這兩件兵器與武林至尊的地位和號令天下的權威又有什麼必然的關聯？

原來，屠龍刀和倚天劍爲叱吒風雲的郭靖與黃蓉兩位武林豪傑所鑄。當年，郭大俠鎭守襄陽抵禦元軍，眼見敵人攻勢凌厲，敗局無可挽回，爲了把自己畢生絕藝傳諸後人，在黃蓉的建議下，他們聘請神工巧匠，將楊過贈送給女兒的一柄玄鐵重劍熔於爐中，再加入西方精金鑄成一刀一劍。刀即屠龍刀，交給兒子郭破虜；劍爲倚天劍，由女兒郭襄保存。

如果倚天、屠龍僅僅是兩件削鐵如泥的銳利兵器，那倒也不足爲武林至寶。這刀與劍的珍貴在於：兵器鑄造之前，郭靖、黃蓉夫婦窮一生心力，將畢生所悟武學精要寫成兵法一部、武功秘笈一部，分別藏於刀與劍之中，留待後人獲取，爲驅除韃子，收復中原發揮重要作用。郭破虜年輕殉國，沒後人，屠龍刀也因此流落江湖；倚天劍的主人郭襄正是峨嵋派的一代宗師，爲了打探屠龍刀的下落，郭襄一生四處尋訪卻終無所獲，辭世前，她將此遺願告之了本派繼任掌門。

時光荏苒，歲月如梭。轉眼一百年的時間過去，武林中刀光劍影，風波不斷。衆多高手只聽說「武林至尊，寶刀屠龍，號令天下，莫敢不從，倚天不出，誰與爭鋒」，卻不知其所以然。倚天、屠龍的由來成了峨嵋派歷代掌門口耳相傳的故事。

然而，刀劍中的秘笈如何獲得？

「這是本派最大的秘密，自從當年郭大俠夫婦傳於本派郭祖師，此後只有本派掌門始能獲知。」滅絕師太在告訴周芷若獲得秘笈的方法時緊抓住她的手腕，聲音雖低卻極爲嚴峻，「你得到屠龍刀和倚天劍後，找個隱秘的所在，一手執刀，一手持劍，運起內力，以刀劍互斫，寶刀寶劍便即同時斷折，即可取出藏在刀身和劍刃中的秘笈。這是取出秘笈的唯一法門，那寶刀寶劍可也從此毀了。」

這確是一個驚人的天機！正如滅絕師太所說：「想那屠龍刀和倚天劍都是鋒銳絕倫的利器，就算有人同時得到此寶刀寶劍，有誰敢冒險以刀劍互斫，無端端的同時毀了這兩件寶刃？」周芷若謹記在心，從此，開始了處心積慮獲取武林至寶，練得獨門武功稱雄天下的奮鬥。

暗施詭計得秘笈

從得知倚天屠龍的秘密後，周芷若暗下決心，一定要獲得這兩件武林至寶，取出秘笈，練成武功，統帥峨嵋。

然而，當時她身陷囹圄，又身中「十香軟筋散」之毒武功無法施展，逃生談何容易？況且屠龍刀在張無忌的義父金毛獅王謝遜處，倚天劍又落入蒙古郡主趙敏手中，即使僥倖生還，若施展計策，如何從這二人手裡得到寶刀？

周芷若知道，她實現心中宏誓大願的唯一機會就在張無忌身上，正如周芷若的師父滅絕師太所預料：「那姓張的淫徒對你心存歹意，絕不致害你性命，你可和他虛與委蛇，乘機奪取倚天劍。那屠龍刀是在他義父惡賊謝遜手中。這小子無論如何不肯吐露謝遜的所在，但天下卻有一人能叫他去取得此刀。」師父嚴令相加，更兼跪地苦勸，希望她以天下蒼生爲念，埋葬個人情感，成全驅除韃子，振興峨嵋的大業。周芷若初當大任之時心亂如麻，但師父慘死，她繼位掌門不能服眾，心中那點享受尊榮，號令天下的欲念就被強烈地激發了起來。後來，周芷若被金花婆婆脅迫與趙敏、小昭、殷離一起到達靈蛇島，並在島上見到了雙目失明的金毛獅王謝遜。金花婆婆明教紫衫龍王的身分敗露後，在波斯明教使者的追殺下帶領眾人逃離小島遭到攻擊，一直到小昭代母出任教主才免除了大家的殺身之禍，張無忌、殷離、謝遜、周芷若和趙敏五人又回到了靈蛇島上。

被他們帶到這南海小島上的，還有武林中人人夢寐以求的倚天劍和屠龍刀。

周芷若意識到，這是自己千載難逢的良機。

倚天劍和屠龍刀近在眼前，但周芷若明白，這是兩件可以給人帶來幸運，更可能給人帶來災禍的寶刃。如果她強力搶奪，一來自己的武功別說是無法與謝遜、張無忌匹敵，就連戰勝蒙古郡主趙敏也頗困難；二來就算奪得寶刃，如果島上幾人中留有一個活口，傳揚出去，自己必將成爲江湖上的眾矢之的，性命尚且不保，哪裡還談得上練成「九陰眞經」？所以，她必須想出一個完全之策，最好能既奪得寶刃，取出秘笈，又可以嫁禍他人，保證自己生命安全，還可以暫時蒙蔽張無忌，維持與他的這段情誼，待日後有機會再解釋奪寶之事。

這是又一齣「移禍江東」的計策，其受害者便是蒙古郡主趙敏。

趙敏是一位美麗熱情，聰慧機敏的蒙古族少女。雖然她的父親貴爲當朝王公，她自己手下武林高手雲集，曾用計將攻打明教的武林六大門派首領都關押在大都寺廟高塔中並施以毒刑，但她對明教教主，英俊少年張無忌卻是一見傾心。從跟隨張無忌踏上靈蛇島的那一刻起，她一心維護眾人安危，強敵之下，張無忌已經把她看作了自己陣營中的一員。

可是在眾人脫離危險，在島上安睡一夜之後，趙敏卻神秘地失蹤了。

次日清晨，張無忌首先醒來，只感到自己雙腳虛軟無力，本想邁步，卻一個踉蹌險些摔倒。接著察看謝遜、周芷若、殷離三人，謝遜渾身勁力全無；周芷若滿頭秀髮被削去了一大塊，左耳也受傷；殷離臉上被利刃劃出十多條傷痕，人已經昏迷不醒。當初一起上島的六人，只是少了趙敏和舵工，當然，還有那艘原本停泊在岸邊的波斯船，以及武林至寶——倚天劍和屠龍刀。

顯然，趙敏已經乘船逃離了靈蛇島。既然島上之人都身中她的奇特毒藥「十香軟筋散」，寶刀和寶劍又隨著她的離去而消失，所以張無忌和謝遜都一致認定，趙敏就是盜走寶刀的奸人。

趙敏已走，她的「十香軟筋散」的獨門解藥當然也無從得到，張無忌只有嘗試使用內力逼出劇毒，他的義父謝遜武功高強尚難自保，周芷若則非借助外力不可解毒，而殷離由於原本就重病在身終告不治。殷離是張無忌的表妹，對他又有救命之恩、婚姻之盟，殷離的死讓張無忌十分傷感，他滿懷悲憤小心將表妹安葬，周芷若則在一旁冷言挑唆，激怒張無忌發誓誅殺趙敏，爲表妹報仇。

埋葬殷離後，小島之上只剩下張無忌、周芷若、謝遜三人。周芷若在島東找到一個山洞晚間獨自居住，張無忌則與義父謝遜朝夕相伴。張無忌先運用內力將自己身上的劇毒逼出，又幫助義父解除了毒性，當他準備爲周芷若驅毒時，卻遇到了男女授受不親的難題。

原來，張無忌的驅毒之法，是一掌貼於對方後腰，一掌貼於臍上小腹，將自身的九陽眞氣輸入對方體內。爲了能順利地替周芷若驅毒，張無忌由義父，金毛獅王謝遜做主，與周芷若訂立婚約，先在島上療傷，後回中土完婚。

張無忌原本對周芷若就頗有情義，現在他身邊的女孩殷離已死，趙敏逃跑，小昭又永世再不能相見，所以他便把所有的情感放在了周芷若的身上。周芷若先讓他發下重誓必殺趙敏，又多次請求張無忌答應對她既往不咎，張無忌沉浸在愛情的幸福之中，哪裡想的到此時的周芷若在忠厚賢惠、善良溫柔的外表之下，已經包藏了多重險惡的禍心。

其實，如果張無忌有足夠的機警，謝遜有些許的暗示，他們還是可以推測到此時周芷若武功修爲上的一個重大變化：她正在修煉一門極陰極寒的內功，雖然此時勁道尙弱，但日後練成非同小可。

這門武功的修煉依照一本秘笈進行。

這本秘笈的名字是——《九陰眞經》。

練得陰功世人驚

周芷若正是偷取寶刃，嫁禍趙敏的奸邪之人。

原來，周芷若在與張無忌等五人重回靈蛇島之時，就開始於心中盤算如何將倚天劍和屠龍刀據為己有了。在她看來，殷離臥床不起不能有所行動，舵工一介船夫一無所用，唯獨趙敏智慧過人、善用計謀，正是她嫁禍的最好人選。趙敏身為蒙古郡主、當朝權貴之女，中原武俠對她恨之入骨，而張無忌偏偏對她情愛有加，當初她周芷若、趙敏、殷離、小昭四人與張無忌同船而行，張無忌便在四美之間不能取捨；現在小昭西去，殷離病重，她的情敵就剩下趙敏一人。如果能夠將偷寶之事嫁禍趙敏，又藉趙敏的名義除掉殷離，再假張無忌之手誅殺趙敏，使其將所有感情都放在自己一個人的身上，如此妙計一舉數得，哪裡是「老老實實的笨丫頭」可以想得出，辦得到的？

周芷若辦到了。

嫁禍趙敏成功後，周芷若果然贏得了張無忌的愛情，不但在未婚夫的幫助下驅淨了劇毒，而且在島上暗自苦練《九陰眞經》所授武功，等待返回中原的機會。

返回中原與其說是天賜的機會，不如說是趙敏的給予。趙敏回到大陸後，差遣蒙古水師八艘海船搜尋張無忌和謝遜的下落，終於在數月之後發現了他們居住的小島，張無忌等三人又誅殺了蒙古水師眾多官兵，歷盡艱險回到了中土。

回到中土後，張無忌很快與趙敏不期而遇，儘管趙敏一再聲言自己並非殺害殷離，盜取寶刃的兇手，奈何張無忌先入之見太深，不但聽不進趙敏的一句辯白，而且還險些將她掐死償命。趙敏見自己百口莫辯，提議與張無忌一起回到客店找周芷若和謝遜當面對質。但回到客店，哪裡還有二人的蹤影？

自然是不可能有二人的蹤影了。

周芷若心計深藏，她自然明白一旦周、趙、謝、張四人當面對質，自己的詭計將暴露無遺。如果說對張無忌還可以憑藉他對自己的信任蒙蔽一時，但在老謀深算的金毛獅王謝遜那裡則不是那麼容易蒙混過關的。於是，謝遜的下落又成了一樁懸案。

趙敏堅信一切都是周芷若的陰謀。她先與張無忌一起四處尋訪謝遜的行蹤，張無忌與周芷若在丐幫集會上見面後，趙敏又借元朝皇公貴族大遊皇城的機會以彩車中人物故事來展示周芷若的惡毒行徑。周芷若見趙敏看破自己的陰謀，一面假意憤怒博得張無忌的同情，一面軟硬兼施爭取明教中各位頭領的支持，經過一番波折，終於定下了完婚的吉日。

明教教主張無忌與峨嵋派掌門周芷若締結良緣，這自然是武林中門當戶對的特大喜事，不但雙方門派眾人喜氣洋洋，連德高望重的武當派宗師張三豐也送來非同尋常的賀禮。結婚之日，張眞人手書的「佳兒佳婦」四字立軸被懸掛在禮堂正中，男女雙方主婚準備就緒，各大門派道賀之人也到達了禮堂，新郎張無忌裝束一新，新娘周芷若身著大紅錦袍，鳳冠霞帔，娉婷而立，只待行完三拜大禮便可成爲夫妻。

然婚禮卻在趙敏的一聲「且慢！」中嘎然而止。

趙敏在眾人的怒視中隻身走入禮堂，不顧旁人的一再勸阻，徑直走到張無忌面前，要求他不要與周芷若成親。開始，張無忌以爲趙敏不過癡情所致，行爲欠妥，但當他看見趙敏手中竟拿著一束義父謝遜淡黃色的頭髮，不禁驚惶失措，準備立即跟隨趙敏一起離開結婚禮堂。

婚禮進行當中，新郎竟離她而去！頭蒙紅巾站立一旁的周芷若惱怒異常，她身形一閃欺近趙敏身後，從大紅錦袍中伸出右手向趙敏的頭頂直插下去，左手分出阻擋來自張無忌和光明右使范遙的招數，身法之快、下手之狠、功力之深讓張、范二人感到驚詫莫名。

趙敏雖然有張無忌和范遙兩位高手相幫躲過了破頂之災，可她的右肩還是被周芷若的五指插到，忽然間一陣劇痛，鮮血直流。

張無忌見周芷若武功招數凌厲異常，招招都要置對手於死地，自然主動出手迎戰，周芷若頭蒙紅巾，聽風辨形，兩人連續過招八攻八守迅捷無比，驚得大廳上群俠目瞪口呆。

任誰都以爲周芷若在峨嵋女俠中只算是個武功平平之輩，何以今日一見判若兩人？

比武少林現惡形

周芷若在婚禮上的驚人表現正是她習得《九陰眞經》後的牛刀小試。

自從在靈蛇島上偷了倚天劍和屠龍刀取出秘笈，又讓趙敏當了盜寶的替罪羔羊，周芷若就設法避開張無忌和謝遜的注意，暗中修煉秘笈中的一部《九陰眞經》。周芷若的師父滅絕師太在臨終前曾經告訴她，倚天劍中有武學秘笈兩部，一部是「降龍十八掌」，屬於純陽剛猛的路子，她練之不宜；另一部《九陰眞經》她便可自行修煉。周芷若得知了倚天屠龍的秘密，又找到了當今獨門武功的秘笈，自然依書修煉，一心求得速成，她忽略了滅絕師太最後的告戒：「《九陰眞經》博大精深，本來不能速成。……那速成的功夫只能用於一時，是黃女俠憑著絕頂聰明才智，所創出來的權宜之道，卻不是天下無敵的眞正武學。這一節務須牢記在心。」

天下武學之道，在於外練功夫，內修性情，前者是基礎，後者是根本。周芷若當初爲獲得秘笈加害無辜，嫁禍他人，本來就屬心術不正；婚禮之上蒙受新郎悔婚的羞辱，自然怒火中燒，出手更加毒辣無比。她見張無忌追隨趙敏而去，霍地扯下頭上的紅巾，當衆宣佈與張從此恩斷義絕，爲了表示自己的憤怒和決心，周芷若一把抓過新娘珠冠上的珍珠，只雙手一搓，便將滿掌的珍珠碎爲齏粉，然後撕裂大紅錦袍，輕功一展上了屋頂，瞬間甩下追趕的高手們不知所往。

如果說周芷若在婚禮之前對自己盜寶嫁禍尙存忌憚，希望張無忌能夠體諒自己師命難違的苦衷而原諒其所作所爲；那麼，婚禮上的當衆出醜則徹底撕裂斬斷了她內心深處善與惡之間的最後連線。從此，以往那個溫順善良的船家孤女，天資聰穎的峨嵋女俠周芷若已經不復存在，取而代之的，是心狠手辣的峨嵋派新掌門。她的師父滅絕師太人如其名，雖處事既滅且絕，但也可稱得上是嫉惡如仇、率直磊落，周芷若不但在滅、絕二字上比師父有過之無不及，而且還加上了奸、狡、邪三樣。

周芷若抓傷趙敏的一手就厲害非常。

趙敏受傷後一言不發，提著一口眞氣奔出大門，張無忌從後面追趕上她，正要詢問義父下落，忽然趙敏傷重昏迷了過去。張無忌撕下趙敏的衣襟，只見肩頭受傷處五個指孔深及白骨，傷口旁的肌肉也因爲中劇毒而呈現黑紫膚色，顯然是一門陰毒的邪門武功所爲。張無忌奇怪出身名門正派的弟子周芷若到哪裡學得如此武功，但時下擔心義父謝遜的下落，所以也沒來得及細想。

趙敏手中所拿的，是張無忌義父謝遜的一縷頭髮。原來趙敏經過多方打探，已經得知謝遜落入了他的師父成崑手中。謝遜與成崑有殺妻滅族之仇。後來，成崑投身少林派空見大師門下，又假謝遜之手用「七傷拳」打死了空見大師，讓謝遜成爲了少林派不共戴天的仇敵。現在，成崑將他囚禁在少林寺之中，這雙目失明的金毛獅王必然是凶多吉少。

張無忌和趙敏趕到少林寺附近，假扮夫妻找到一家農舍借宿，然後由張無忌裝成送柴的農夫進入了少林寺。此時的少林寺戒備森嚴，正在準備於端陽節召開一個「屠獅大會」，到時召集武林各派齊聚少林，將金毛獅王謝遜當衆處決。

張無忌擔憂義父的生死安危，表面上作爲農家之子在少林寺幫廚，晚上則留心察訪關押謝遜的地點。後來他尾隨成崑到達一座山峰，才發現謝遜被關押在峰頂的一個地牢裡。地牢極爲隱蔽，周圍林木叢生，有三位元老高僧坐在品字形排列的三株松樹樹幹凹洞處，手舞黑索將地牢看守在正中。

張無忌救義父心切，在雨夜中與看守謝遜的三位高僧交上了手，他告訴了各位高僧成崑的來歷和惡行，並準備搭救義父。但謝遜在高僧的點化下自覺過去罪孽深重，情願以死謝罪，不肯隨張無忌下山。

張無忌一聲長嘯奔下山去，大雨中遇到了前來迎接他的趙敏。兩人一面惆悵、一面返回山下農舍，卻不料那裡已經血流遍地。隱姓埋名多年，準備找謝遜報殺子之仇的房東杜氏夫婦早已死於非命，胸前、後背的肋骨根根斷成數截。張無忌在黑暗中與來人交手，感覺對方出招陰狠兇險，快捷無雙。張無忌知道，來人正是周芷若。他既要保全自己，又要保護趙敏，還心存仁厚的對周芷若手下留情，最終自己右肩被砍中一刀，流血不止。

張無忌傷口在流血，心情更沉重。他知道，現在周芷若的武功陰狠無比，除了他自己，再也沒有第二個人可以保護趙敏的安全了。

其實，此時的周芷若豈止武功陰狠，她的心腸更是陰狠。

轉眼間，五月端陽到了，武林各幫派齊聚少林，他們中有一些人與謝遜有仇怨，準備藉「屠獅大會」報仇雪恨；更多的人則是衝著傳說中掌握在謝遜之手的屠龍寶刀而來，為的是獲得寶刀，稱霸武林，「號令天下，莫敢不從」。群雄爭論不休，最後決定各派分別派出三位高手參加比武，勝出者便為武林至尊。

約定既出，各派高手躍躍欲試。周芷若作為峨嵋派掌門人，自然想讓本派占盡風頭，可她不像武林其他各派一樣，按照約定比武較量，而是縱容門下弟子使用陰毒暗器霹靂雷火彈炸死主持正義的兩位高手，又派出武當派叛逆宋青書使用武當派家傳武功殺死丐幫兩位長老。周芷若自己則上陣與武當派諸俠過招，一根軟鞭使得出神入化；與張無忌交手前，她先以「羅敷有夫」擾亂張的心緒，又利用他的宅心仁厚攻其不意，最終得勝回營。

眼見比武場上周芷若殺性張狂，陰狠毒辣，明教光明右使范遙禁不住說出了眾豪傑心中正在翻騰的一句話：「她是鬼，不是人！」

惶惶終日心無主

旁的人看到周芷若為了獲勝不擇手段，都以為她不過對「武功天下第一」的名頭過分看中，可在周芷若心中，這場比武的意義遠不止如此。

原來，在各派比武少林之前，他們就已經作了約定，比武的最後勝利者不但可以獲得衆人夢寐以求的屠龍寶刀，而且還獲得了處置金毛獅王謝遜的權利。周芷若已經得到和毀壞了屠龍刀，當然對「武林至尊，寶刀屠龍」的說法不以爲意，但謝遜是她盜寶、嫁禍的唯一證人，如果謝遜說出眞相，那她不但永遠無法得到張無忌的原諒，也將成爲武林中萬人唾棄的奸邪之徒。

周芷若如何能不拼盡全力，避免自己陷入這萬劫不復之地？

所以，當張無忌邀周芷若聯手與看守謝遜的少林高僧對陣時，周芷若一味避免與三位高僧正面交手，只瞅准機會來到謝遜的身邊，沒等謝遜「賤人」的怒斥聲結束就伸手點了他的啞穴，然後假意說：「姓謝的，我好意救你，何以出口傷人？你罪行滔天，命懸我手，難道我便殺你不得嗎？」說著舉起右手，五指成爪，準備立即向謝遜的天靈蓋上抓下去。

周芷若這五指上的功夫有多厲害，張無忌已經在趙敏肩頭的傷口上領教過了，她一爪下去，謝遜必然性命不保。此時，有一位神秘的黃衫女子出手解圍，但見她身形飄忽靈動，所用功夫雖然與周芷若同出一路，但舉手投足之間正而不邪，內力修爲遠在周芷若之上。而這名神秘的黃衫女子指出，周芷若的這門絕技就是百年前馳名江湖的陰毒武功「九陰白骨爪」。正當黃衫女子準備以「九陰白骨爪」還治其人之身時，謝遜卻開口求她慈悲爲念，饒過周芷若的性命。

謝遜受到佛教高僧點化不願殺生，可周芷若卻不善罷甘休。謝遜自感罪孽深重，先自廢武功，又讓曾經與他結有仇怨的武林中人前來復仇。各位英雄眼見謝遜身受唾沫啐臉、破口痛罵、耳光相加等種種侮辱臉色並不稍變，都不再爲難於他。這時，峨嵋派中一位中年女尼走到謝遜跟前，口說報「殺夫之仇」，一口唾沫中夾著棗核鋼釘直奔謝遜腦門。

謝遜聽得風聲有異，知道其中含有殺機，但他並不躲避。早有神秘黃衫女子識破了周芷若殺人滅口的陰謀，她指出這位中年女尼靜照原本就是閨女出家，根本談不上有丈夫，又何談殺夫之仇？靜照並不言語，周芷若見奸計敗露，冷言幾句，率領峨嵋弟子走下山去。

周芷若下山後，張無忌與趙敏一起，按照義父謝遜的吩咐，到曾經關押他的地牢中查看地牢石壁上的圖畫，終於明白謝遜早已洞察周芷若的陰謀，爲了保全無忌和他兩人的性命才沒有吐露半點風聲。此時張無忌已經從宋青書的擔架上發現了早已斷裂的倚天劍和屠龍刀，愈加肯定了周芷若就是盜寶嫁禍之人。

周芷若盜取秘笈，練成陰功，似乎已經是天下無敵。但她未能預料，眞正的強敵正來自於她的內心。

周芷若兩次加害謝遜不成，本想帶領峨嵋派弟子下山躲避，可武林衆人早已從斷裂的倚天劍和屠龍刀處看出刃中藏寶的秘密。周芷若被原爲趙敏手下的鹿、鶴兩位高手追逼又回到了少林，與張無忌和趙敏不期而遇。一番打鬥中，趙敏從周芷若懷中取得了秘笈，除了武學眞功以外，還有一部兵法要訣《武穆遺書》。

周芷若對秘笈的丟失渾然不覺，一個巨大的恐懼正在籠罩著她。一連幾次，她都看見一個令她驚恐萬分的冤魂——一個少女的冤魂。

這位少女的名字是殷離。她一身黑衣，身形飄忽，臉上雖然褪去了練毒功而造成的浮腫，可條條傷痕仍讓人觸目驚心。周芷若看到曾遭自己暗害，已經被埋葬在靈蛇島上的殷離又重現眼前，只當是她冤魂不散，便懇求少林寺高僧空聞大師在夜深之時做一次法事，好讓她虔心超度殷離的亡魂。

就在周芷若馨香禱祝的時候，殷離再度現身了。

二女同歸遠凡塵

然而殷離是活人不是鬼魂。

原來，在靈蛇島上，周芷若偷得趙敏的「十香軟筋散」，除了讓張無忌等人身中奇毒，還在生命垂危的殷離臉上用劍劃開了十七、八條口子。這固然是周芷若對情敵的卑鄙報復，卻也在陰差陽錯之間幫了殷離的大忙。本來，殷離臉上因練「千蛛萬毒手」浮腫醜陋，周芷若的劍傷讓她臉上的毒血流淌殆盡，浮腫也自然消失了。雖然張無忌誤以爲殷離已經死去，將她埋葬在靈蛇島上，但殷離還是設法脫離墓穴，回到中土，並像幽靈一樣跟隨周芷若，讓她在恐懼中惶惶不可終日。

現在眞相大白，歷經生離死別的殷離終於和表兄張無忌再度聚首，可在她的心目中，張無忌卻再不是那個曾於蝴蝶谷中與她相識，於懸崖之下助她對敵的張無忌（曾阿牛）了，殷離長歎「此時張郎非張郎」，悵然離去了。

殷離歸又復失，張無忌心中百感交集。在此前，他向周芷若吐露了自己對趙敏的一片眞心，周芷若感歎自己的癡情無可託付，使個計策，本想當著趙敏的面取張無忌性命，然後同歸於盡，現在殷離沒死，她冤魂索命之憂也就煙消雲散。趙敏在隱蔽處聽見張無忌的一番眞情言語喜不自禁，心中思量周芷若種種錯處已經隨著殷離的生還、謝遜的遁入空門、秘笈的用得其所而消解，她何不與周芷若共侍一夫，同享閨中之樂？

二女同歸，引得明教中人驚詫莫名，大家都奇怪張無忌如何能使得一向冰火不能相容的兩位姑娘和睦相處，而張無忌經歷了此番悲歡離合，則早已厭倦了江湖上永不止息的紛爭，於是，他讓出教主之位，甘心和周芷若與趙敏兩位美麗少女憑窗絮話，畫眉閨中。

周芷若的人生哲學

性情篇

周芷若是一個複雜的人。

她更是一個複雜的女人。

看過《倚天屠龍記》，有的人說她「壞得狠」；有的人說她「陰得狠」；又有的人說她可憐；也有的人說她可恨。

要想用可以言盡的篇章去剖析一個不可言盡的人物實非易事。我們可從她的性情入手來進行一番燭照探幽。

善解人意，深藏心計

在《倚天屠龍記》中，周芷若的出場比較晚。但一出場，金庸便給了她一個善解人意的好性情。

書中第十一回，武林一代宗師張三豐帶領徒孫張無忌前往少林寺求援，遭到少林空聞大師的拒絕後，祖孫二人悵然而歸。在漢水行舟返回武當途中，張三豐遇到遭元兵追殺的明教俠士常遇春，張三豐出手相助，救下了常遇春和因爲這番戰亂而成爲孤女的周芷若。

此時的周芷若只有十歲左右的年紀，母親早亡，她跟著父親在漢水中一條小船上相依爲命。父親現爲元軍射殺，常遇春深覺對她負有責任，準備與張三豐和張無忌二人吃過晚餐後就此告別。

他們的晚餐開在船上。

飯菜擺上了桌，張三豐請常遇春和周芷若先吃，他自己則照顧病重的張無忌吃飯。張無忌知道此次前往少林無功而返，沒有解救之法，他自己也將性命不保，心中難過，哪裡吃得下飯？

周芷若見狀便從張三豐手中接過碗筷，先請道長吃飯，然後對張無忌溫言相勸：「小相公，你若不吃，老道長心裡不快，他也吃不下飯，豈不是害得他肚子餓？」

一個十來歲的孩子，可以如此體恤長輩的心情，又能夠如此周到地照顧他人實屬難得，更何況她幾句話就觸摸到了張無忌內心深處最易被打動的那一部分：自張無忌身中玄冥神掌後，他的父母雙雙自盡。張三豐在百歲壽宴上痛失愛徒，自然對愛徒託付自己照料的孤兒疼愛有加，而張無忌也已在心中把這位太師爺看作自己的親祖父一般。他自己可以不吃飯，也可以不愛惜自己的病體，但以張無忌的仁厚善良，他不願讓別人受害，尤其是太師父因自己而損傷他百歲老人的身體。

張無忌認同了周芷若的話，也很快把她送到嘴邊的可口飯菜吃了個精光，這讓張三豐頗感欣慰，他思量著：「無忌這孩子命苦，自幼死了父母，如他這般病重，原該有個細心的女子服侍他才是。」他眼見周芷若將菜中雞骨魚骨都剔除乾淨，又在每口飯中加入肉汁餵給張無忌，在心中已經爲張無忌生活中理想的女性定下了準星：溫柔善良，善解人意。如此，這也成爲了日後張無忌與周芷若締結婚約，張三豐親筆手書「佳兒佳婦」立軸致賀埋下了一處伏筆。

周芷若身世坎坷，少年時代便失去了母愛，在與父親一同飄泊漢江之上，於風浪之中艱苦謀生的過程中，她的心智可以說比一般的同齡人更爲早熟，對父親而言，她既是一個需要照料的孩子，同時也是一個照料父親的女人。因此，周芷若的善解人意，體恤他人正是既往貧寒生活教會她的人生一課。

周芷若對長輩體諒敬重，對同輩則表現出理解與關懷。

漢水中的晚餐過後，張三豐、張無忌、常遇春、周芷若四人於次日黎明相互道別。周芷若問張無忌道：「小相公，你要天天吃飽飯，免得老道爺擔心。」當得知張無忌沉疴已久將跟隨常遇春前往蝴蝶谷找「蝶谷醫仙」胡青牛治傷，而她自己將跟隨張三豐回武當山後，她一點也沒有爲自己的隨風飄零而感傷，卻爲病弱少年張無忌分擔憂愁。張無忌見自己將遠離親人，兀自在船上痛哭不止，周芷若本來已經跟隨張三豐棄舟登岸，爲了勸慰張無忌，她又回到船上，從懷中取出自己的小手帕，替張無忌抹去了眼淚，然後將手帕塞在他的衣襟之中，微笑告別，還在西行的路上不斷回頭，揮手向目送張三豐和她的張無忌致意。

若論年齡，此時的周芷若比張無忌還小兩歲左右；可若論心理的成熟和閱歷的豐富，在冰火島上生活了十年，重回武當後又身染重病，山門不出的張無忌顯然遠不及漢水中的船家貧女周芷若。常言道：「窮人的孩子早當家。」周芷若儘管當時只有十歲年紀，但已經開始使用一種女人的思維承擔家庭的責任，她對張無忌所作的一切，不但有孩子之間的相互關心，而且還有些許母性的呵護成分。

也許母性就是女人的天性。

當周芷若在她的舉手投足間流露出這種天性的時候，她是一個善解人意的小女人。

周芷若是一個善解他人心意的小女人，當這種理解用在關懷，照顧別人的時候，它表現爲一種美好的品性資質；當瞭解了別人的心意，然後將這種瞭解隱藏起來，用以保護自己設法免受傷害甚至用來危害別人的時候，這種洞察就變成了心計。周芷若就是這樣一個心計深藏的女人。

在《倚天屠龍記》中，周芷若的心計深藏有一個出色的襯托，這個襯托就是本書主角張無忌。

張無忌關於女人的第一課是他的母親殷素素臨終之前教給他的。當時，武當五俠張翠山與天鷹教紫微堂堂主殷素素在遠離中土的北極冰火島上居住了十年後乘船回到大陸，由於他們知道金毛獅王謝遜的下落，而謝遜手中的屠龍寶刀又是武林中人夢寐以求的寶物，所以他們一行三人剛踏上陸地，就被衆多門派的高手們不斷追問，一直跟到了武當山。

殷素素本想以一句「謝遜已死」來了結這段江湖紛爭，可少不經事的張無忌卻不明白母親的深意，他哭喊著「義父沒死！」，實際上就把謝遜的眞實情況洩露給了旁人。後來，在武當宗師張三豐的百歲壽宴上，張翠山爲武林中衆人所逼當場自盡，殷素素爲了讓這段公案不了了之，就使了一個「移禍江東」的計策。她騙少林派的空聞大師近前，低聲耳語，似乎是告訴了他謝遜的下落，實際上什麼也沒有說。空聞大師儘管沒有聽到隻字片語，然而當著武林衆人的面，殷素素的這番舉動總不禁讓人疑竇頓生，空聞大師和少林派日後也因爲這宗疑案不斷受到關注謝遜及屠龍寶刀下落的人們的糾纏。——當然，當殷素素自盡殉夫之前的這番計謀，年少的張無忌是無法明白，但他記住了母親最後的教誨：「孩兒，你長大了之後，要提防女人騙你，越是好看的女人越會騙人。」

這裡，殷素素所謂「女人騙人」，指的是女人們運用心計獲得別人的信任，設法達到自己的願望。長期以來，由於男人擔當著國家和家庭主宰的角色，而女性由於社會歷史的原因被看作是愚笨的、頭腦簡單的群體。事實上，女人不但在智力上不輸給男性，而且還擁有著對男人而言幾乎是攻無不克的武器：美貌與溫存。正所謂「英雄難過美人關」，不要說像張無忌這樣心地淳厚的男子，就連許多老謀深算的高手，也照樣被迷惑在石榴裙下。殷素素深知兒子待人坦誠，少不經事，雖然預想兒子留在武當可以練得一身高強武藝保護自己的身體，但卻無法學得豐富的社會閱歷保護自己的內心，——世人都知道吃一塹，長一智，可作爲母親，哪裡會希望自己的兒子多吃苦頭，買到教訓？所以，她把對兒子的無限牽掛都凝煉到這一句話：「越是好看的女人越會騙人。」這裡，有殷素素對自身所屬女性群體的深刻體認，也有對男性弱點的透徹理解，還有一位母親的拳拳愛子之心。

張無忌牢記著母親的臨終遺言，在對朱九眞產生朦朧愛慕之情時心中暗自提防，發現母親的話果然驗證不爽；可他自始至終沒有意識到，如果說母親殷素素「女人騙人」的話意有所指，那必定指的是周芷若。

周芷若的心計深藏在她相隔七年多以後與張無忌的第二次見面，也就是她在書中第十七回再度出場時所體現出來的那一劇目。其時，張無忌墜落懸崖被表妹殷離所救，他又透過殷離之手，發力打傷了峨嵋派弟子丁敏君。這位丁女俠原本就乘人之危偷襲在先，這會兒見同門前來又不肯善罷甘休，一定要周芷若出手爲自己報仇。事實上，丁敏君在這裡打的是一石三鳥的主意：她在峨嵋派跟隨掌門滅絕師太多年，由於天資有限，加上心胸狹窄、嫉賢妒能，始終沒有得到師太的垂青。峨嵋掌門滅絕師太雖爲人嚴厲，但知人善任眼光頗爲獨到。她先看好峨嵋派中與丁敏君同輩的弟子紀曉芙。准許準備精心造就，日後傳之，惜紀曉芙自己爲明教光明左使楊逍逼迫失身，生下了私生女楊不悔，惹得師太大怒，一掌劈死了紀曉芙。後來，武當掌門張三豐親筆致函引見孤女周芷若投身峨嵋學藝，滅絕師太發現這女孩天資聰慧，進步神速，於是又有心栽培，卻不知她幾度人前人後的誇獎，讓周芷若在不知不覺中又成爲了丁敏君的眼中釘。此次丁敏君逼迫周芷若與殷離交手，一來是顯示一下作爲師姊的威嚴；二來是想試探一下周芷若的武功修煉；三來是假他人之手讓這位小師妹吃點苦頭。

周芷若開始時並不想與人交手，她勸道：「以小妹之見，不如一笑而罷，化敵爲友。」丁敏君聞言大怒，喝斥師妹相助外人。周芷若見這一仗不可避免，一面躬身對丁敏君道：「小妹聽由師姐吩咐，不敢有違。」一面在心中心中盤算了一個兩全之策。

只見她與殷離以快打快，雙方連拆二十餘招不分上下。忽然，周芷若一個踉蹌，眉頭緊皺，按住心口搖搖欲倒，丁敏君表面上關心師妹傷勢，實際上打探她的虛實。周芷若一隻手無力地搭在師姊的肩頭，虛弱地搖著頭敗下陣來。

周芷若與丁敏君相互攙扶著遠去了。殷離望著周芷若蹣跚遠去的背影，連聲說：「厲害！厲害！」張無忌原以爲她指的是周芷若「武藝竟恁地了得。」可殷離一聲冷笑道：「我說她厲害，不是說她武功，是說她小小年紀，心計卻如此厲害。」原來，周芷若根本沒有在雙方交手時受傷，她故意賣了個破綻，既終止了與殷離的打鬥，避免了兩敗俱傷；又表示自己技不如人，讓在一旁探陣的丁敏君解除對自己的戒備，如此兩全之策出自一位年紀只有十七、八歲的青年女子之手，不可不稱之爲胸有城府，心計深埋。

與殷離交手時的那一幕只是周芷若心計的一個小小體現，她更大和更深藏的心計是遵照滅絕師太的臨終遺命，利用自己的美貌迷惑張無忌，最終奪取倚天劍和屠龍刀，練成獨門武功，使峨嵋一派稱霸武林。

峨嵋派衆弟子在掌門滅絕師太的帶領下，前往崑崙山光明頂與六大門派一起圍剿明教，結果在張無忌的獨力抵擋下無功而返。回中土的途中，峨嵋和其他門派師徒一起，被蒙古郡主趙敏手下衆多高手設計捉住，囚禁在元朝大都的萬安寺十三級寶塔之中。滅絕師太見自己性命難保，決意將掌門之位傳給周芷若。此時的周芷若年紀尚輕，武功平平，進入峨嵋派的時間也不算太長，如何能夠服衆？但滅絕師太認定，周芷若天份奇高，日後武功長進不可限量；更爲關鍵的是，滅絕師太此時已察覺了明教教主張無忌對周芷若頗有情義，而張與蒙古郡主趙敏「又是一路」，張無忌不但不會加害周芷若，而且還會幫助她逃出魔爪，恢復自由。況且武林之中，只有張無忌知道其義父金毛獅王謝遜的下落，而武林至寶屠龍刀又正在謝遜的手中，「這小子無論如何不肯吐露謝遜的所在，但天下卻有一個人能叫他去取得此刀。」

周芷若知道，師父所謂「天下有一人」就是指自己。她在依滅絕師太所言發了重誓之後，得到了倚天屠龍的秘密，寶刀中的秘笈激起了她極大的佔有欲。周芷若看重的，不是屠龍刀中的行軍布陣兵法，那驅除韃子的宏偉大業對於周芷若而言缺乏吸引力；她所感興趣的是倚天劍中的武學秘笈，如依法修煉，她不但可以習得獨門武功，成爲峨嵋弟子心悅誠服的新掌門，還可以搏取「武林第一」的美名，這與其說是滅絕師太的遺願，不如說是周芷若心中一個尚處在朦朧之中的意念，是滅絕師太的一番提點讓周芷若明白了自己的優勢，自己人生中可能達到的巔峰。於是，就從這一刻起，周芷若心中儲藏的權力欲已經開始發酵膨脹，最終成爲她自己無法掌控的一種惡，毀滅了他人，也毀滅了自己。

周芷若心計深藏一直有之，在成爲峨嵋派第四代掌門人之前，她的心計不過是用於保護自己的一種方式，而在此之後，她的心計開始爲了一個野心而變得不擇手段，她的溫柔、她的美麗、她的情感都爲了這個野心而發揮實際的效益。滅絕師太臨終之時授周芷若以天機，但作爲武林正派的一代掌門，她心中的是非曲直還是分明的：「我要你以美色相誘而取得寶刀劍，這原非俠義之人份所當爲。但成大事者當不顧小節。」滅絕師太擔心的是刀劍相逢，秘笈落入惡人之手，讓天下百姓無辜受難，可她絕對無法料想，自己寄以厚望的繼位掌門周芷若，日後雖練成了九陰白骨爪，卻多行不義，讓一向享有武林正派美譽的峨嵋派變成了武林中衆人一致譴責的對象，她雖看准了周芷若的武功日後不可限量，卻沒能看透她的心計。眼光銳利如滅絕師太尚且不能預料周芷若的未來，心地善良的張無忌也就只有屢屢受騙的份了。

柔弱其外，剛烈其中

周芷若給讀者的印象是溫柔的，嬌弱的。她一出現，金庸就以寫意的方法勾畫出了一位美麗善良，纖弱無助的少女形象：

「那女孩約莫十歲左右，衣衫蔽舊，赤著雙足，雖是船家貧女，但容顏秀麗，十足是個絕色的美人胎子。」

二度出場的時候，周芷若正值二九妙齡：

「身穿蔥綠衣衫……她衣衫飄動，身法輕盈，……清麗秀雅，容色極美。」

至於周芷若的性情柔弱，金庸在小說行文之中也有多次的描繪：

被囚高塔之時，周芷若得滅絕師太臨危授命，見到師父，她「撲在師父懷裡，嗚咽出聲」；當師父斥責她與張無忌有私情，周芷若也只是「柔聲」道：「我瞧他……他倒不是假意。」師父逼她罰下毒誓，「周芷若大吃一驚，她天性柔和溫順」，「本不想起些毒辣誓言，但看到師父眼光嚴厲，也就順從，誓言既出」，「周芷若淚珠滾滾而下，委委屈屈的站起身來。」滅絕師太見她「楚楚可憐」，深知「要這個性格柔順的弱女子」挑起重擔，只怕她不堪重負，只好曉以大義。周芷若得知倚天屠龍刀的秘密，又承擔下掌門重任，「以她柔和溫婉的性格」，如何抵擋得住，片刻之間「她神智一亂，登時便暈了過去」。

滅絕師太大去之後，峨嵋派眾弟子對周芷若繼任掌門之位大多心有不平，嫉妒心極重的丁敏君更是頻頻發難，周芷若先是「緩緩的」解釋原原委，當丁敏君惡語相加，誣衊她的身世清白時，周芷若「顫聲」為自己辯解，一席話未完便「語音哽咽，淚珠滾滾而下，再也說不下去了」。……

在描繪周芷若的外形和性情時，金庸常常使用「柔弱」、「溫和」、「斯斯文文」、「輕聲」等語詞，在讀者的心目中勾畫出了一位年輕文弱，由於身世飄零而楚楚可憐，由於承擔大任而不堪重負的美麗形象。「弱」是周芷若給人的第一印象，這是她性情表露的一個方面，同時也是她的一種僞裝、一種武器。它使得衆多對手對周芷若由弱生憐，由憐而放鬆戒備，由放鬆戒備而遭受蒙蔽或失敗，最後即使失敗了，也因爲對手的柔弱而在心理上或多或少地存留一點「憐香惜玉」的自欺欺人。

自古江湖之上就有「好男不與女鬥」之說，即使男女交手，武林中人也一般遵守對女性稍有相讓的原則，如果男性一味地強力相加占得上風，通常會被視爲是勝之不武。女子之弱即便是她在性情中缺乏這樣的成分，卻還是會被男性以之作爲一種一般意義上的理解；更何況周芷若這樣一位姿容秀麗，身形纖弱的妙齡女郎？

周芷若在得到師父臨危授命，開始與張無忌虛與委蛇，騙取寶刀寶劍的過程中，將她的「柔弱」化作了最有效的障眼法，同時，這「弱」字裡又包含了她在個人情感與師父遺命之間無從選擇的悲劇根源。

毫無疑問，周芷若對張無忌是充滿愛意的。少年時代漢水中同船共渡的一段緣份，粥飯服侍，遺帕惜別的種種殷勤，周芷若始終對張無忌不能相忘。後來在西域大漠之中不期而遇，周芷若明知張無忌保護明教，便是峨嵋派的仇敵，仍然暗中相幫，由此還屢遭師姊丁敏君惡語中傷。雖然在明教光明頂上，周芷若不敢有違師命一劍刺中張無忌的右胸，但那時的她溫順善良，下此毒手是外力的逼迫，而不是心中所願。

在得到師父遺命，設計從張無忌那裡奪取倚天屠龍寶刀時，周芷若的柔弱就已經開始變質了。

南海靈蛇島上，張無忌與義父謝遜以及趙敏、周芷若、殷離三位姑娘經歷一番惡戰終於獲得勝利。他們在島上安睡一夜，第二天醒來卻發現情況大變：趙敏失蹤；倚天屠龍寶刀失蹤；島上各人卻身中奇毒，殷離更是生命垂危。

有誰想得到這是周芷若的奸計呢？此時的周芷若，「只見她滿頭秀髮被削去了一大塊，左耳也被削去了一片，鮮血未曾全凝，可是她臉含微笑，兀自做著好夢，晨曦照射下如海棠春睡，嬌麗無限。而當她看見殷離那張被劃破了十七、八刀傷痕的恐怖的臉，呆了半晌，摸著半邊耳朵，哭出聲來。」

殷離因病勢沉重故去了，周芷若和張無忌在其義父謝遜的主持下訂立了婚約，在靈蛇島上，一對青年男女溫存無限。周芷若是趕走趙敏，毒倒謝、張，割傷殷離，盜取寶刀的兇手，可在張無忌眼中，她「輕顰薄怒，楚楚動人」，是理想的愛妻。

周芷若深知，張無忌對自己的無限愛憐全都是因爲他不明眞相，日後一旦事情敗露，她便是張無忌不共戴天的敵人。周芷若也明白，張無忌作爲武林高手，江湖俠士，最看重的便是「重然諾，守信義」這六個字，她只有騙得張無忌對天起誓，自己的後顧之憂才可減少幾分，她也才可能在不違背師父遺命的前提下繼續與張無忌再續前緣。

於是，周芷若有了以下這段軟語相「逼」：

……

周芷若側過身子，望著他的臉，說道：「要是我做錯了甚麼事，得罪了你，你會打我、罵我、殺我嗎？」

張無忌和她臉蛋相距不過數寸，只覺她吹氣如蘭，忍不住在她左頰上輕輕一吻，說道：「以你這等溫柔斯文、端莊賢淑的賢妻，哪會做錯甚麼事？」周芷若輕輕撫摸他的後頸，說道：「便是聖人，也有做錯事的時候。我從小沒爹娘教導，難保不會一時糊塗。」張無忌道：「當真你做錯甚麼，我自會好好勸你。」

周芷若道：「你對我絕不變心嗎？絕不會殺我嗎？」張無忌在她額上又是輕吻一下，柔聲道：「你別胡思亂想，哪有此事？」周芷若顫聲道：「我要你親口答應我。」張無忌笑道：「好罷！我對你絕不變心，絕不會殺你。」

周芷若凝視他雙眼，說道：「我不許你嘻嘻哈哈，要你正正經經地說。」……

……

周芷若道：「無忌哥哥，你是男子漢大丈夫，可要記住今晚跟我說過的話。」

指著初升的一勾明月，說道：「天上的月亮，是我們的證人。」

……

此時的張無忌沉浸在愛情的幸福中，根本無從體會周芷若句句話中的深意，他甚至對周芷若講：「我一生受過很多很多人的欺騙，從小爲了太過輕信別人，不知吃過多少苦頭……你會幫我提防奸滑小人，有了你這個賢內助，我會少上很多當。」

富有諷刺意味的是，面對張無忌的這番坦蕩襟懷，周芷若不是以「奸滑小人」自責，而是繼續編造謊言，「我是個最不中用的女子，懦弱無能，人又生得蠢。……你的周姑娘是個實實在在的笨丫頭，難道到今天你還不知道嗎？」——如果我們想想此刻周芷若已得到密笈，白天張無忌爲她療毒，晚上她則獨立研讀「九陰眞經」，還口口聲聲「愚笨無用」，如此「忠厚賢慧」，恐怕在張無忌的人生閱歷中再也找不出第二個。

周芷若爲了得到武學秘笈，練成獨門武功，不惜設奸計嫁禍他人，可當她練成武功，搏取了武林第一，卻終究逃脫不了心理的重負。當殷離死而復生，重新站立在周芷若面前時，她看著那張劍痕累累的可怖面孔驚恐不已，又一次縱身撲向張無忌的懷抱，這一次，她的柔弱不再是蒙蔽的，不再是武器，而是來自內心的恐懼和深深的自責：「周芷若扶著他肩頭，顫巍巍的站了起來，回頭望了一眼。望這一眼似是使了極大力氣，立即又轉眼向著張無忌，見到他溫柔關懷的神色，心中一酸，全身乏力，軟倒在地。」一五一十說出了眞相。

揭穿了自己的秘密後，周芷若的心緒似乎平靜了許多，她自知「作惡多端，原是當有此報」，一面請少林寺空聞大師爲殷離做法事超度亡魂，一面深深懺悔自己的所作所爲，此時的她「楚楚嬌弱」，見到殷離，更是雙膝跪倒，嗚咽道：「我……我當眞太也對你不起了。」她眞誠的悔過，得到了殷離的原諒，張無忌更是將她的一切罪過都歸咎在「謹遵師父遺命，不得已而爲之」之上，心中更增添了許多對她的憐惜之情。

至此，周芷若的柔弱性情讓她的人生經歷了一個耐人尋味的輪回，她天性淳厚，美麗善良，然而處在一個武林紛爭的時代，又因天資獨具被委以重任，周芷若溫順的性格讓她不能有違師命，由弱而從，由從而惡，由惡而悔，又由悔而弱。如果說在周芷若出場之時，柔弱只是她作爲女性性格表現的一種，而經歷了這一翻磨難之後，柔弱更是她剝去了權力欲，威嚴之後性情的本眞。在《倚天屠龍記》的最後，張無忌與趙敏、周芷若二女畫眉西窗，其樂融融，周芷若放棄了一切權利，獨佔的欲念，與趙敏同侍一夫，此時的她，是一位柔弱、嬌美的戀愛中的女人。在金庸的筆下，雖然周芷若有著大善大惡的悲劇人生，但最終還是獲得了一個喜劇性的結局，如此圓滿，我們與其把它理解成爲作者良善的願望，不如說是金大俠，包括大多數男性對於女性的理解：女人，本是溫柔美麗的群體，柔與弱，就是她們的天性，如果有人要以外力去打破她們的天性，那結果將是一個無可換回的悲劇。——至於像峨嵋掌門滅絕師太那樣的人，男性大都不將她們看作尋常女性，而是女性之中的特殊個體。

周芷若性情從表面上溫柔嬌弱，但如果她僅有這一點，哪裡成就得了擔當掌門，獨霸武林的一翻「大業」？事實上，周芷若的性情用「剛柔相濟，外柔內剛」來形容倒更爲合適。柔弱是其外，剛烈在其中。

《倚天屠龍記》中，作者金庸並沒有給予周芷若太多的機會展現她性情中剛烈的一面，主要的情節集中在兩處。

一處是峨嵋派與武林其他五大門派圍剿明教失敗之後，在回歸中原途中遭到蒙古郡主趙敏和她手下的高手們的算計，武林各大門派的師徒都身中「十香軟筋散」，蓋世武功不能施展，而趙敏則派人將他們囚禁在元朝大都萬安寺的十三級寶塔之中，以切磋武學爲名，每日召各派弟子前來比武，暗中偷學各派絕技，還將各派高手以比武失敗爲名砍去手指，廢其功夫。峨嵋派掌門滅絕師太早已看透了趙敏的居心，她自己絕食五天以明其志，還教導弟子「峨嵋派的劍法，雖不能說是甚麼了不起的絕學，終究是中原正大門派的武功，不能讓番幫胡虜的無恥之徒偷學了去。」趙敏見滅絕師太倔強異常，又聽說周芷若是師太的得意弟子，深得峨嵋劍招其妙，就想從這位年紀輕輕的文弱姑娘身上打開缺口。

周芷若被趙敏手下的人押進殿來，她雖然身處險境，面容略顯憔悴，但眉宇間泰然自若，早已將生死置之度外。

趙敏的手下問周芷若降是不降，她堅定地搖頭，並不說話。趙敏見她年輕，本想誘騙她使出峨嵋劍法，但周芷若仍記得師父教誨，義正辭言地揭露了趙敏的陰謀。

周芷若的言辭鋒利激怒了趙敏，她左手一揮，早有兩名武士搶上前抓住了周芷若的手臂。趙敏則將倚天劍的劍尖抵到周芷若的一張俏臉不過一寸之距，微笑說：「要劃得你的俏臉蛋，也不必使甚麼峨嵋派的精妙劍法。」周芷若見劍鋒寒光閃閃，想到自己轉眼之間便要變成個醜八怪，不禁珠淚盈眶，身子發顫。作爲一個年輕女孩，愛美之心更甚於常人。對於周芷若而言，她是個寧可丟掉性命，也不願以可惜的面容活在世上。

趙敏笑道：「你怕不怕？」

周芷若再也不敢強頂，點了點頭。

趙敏道：「好啊！那麼你是降順了？」

周芷若道：「我不降，你把我殺了罷！」

儘管後來周芷若有張無忌出手相救逃過了此劫，但她的從容面向是表現出了其性格中剛烈的一面，她的怕，她的眼淚不是怯懦，不是畏懼，而是一位年輕女性愛美心理的外在反映。──怕雖然怕，但這也不會成為投降敵人的原因。

周芷若展現其剛性的第二幕在她初掌峨嵋門派之時。

周芷若在寶塔將傾之時得師父遺命，戴上了標誌繼承掌門之位置的鐵指環。由於她在峨嵋一派中修煉時間尚短，功力也並無過人之處，所以眾弟子中大多不服。就在這時，金花婆婆領著徒弟，也就是張無忌的表妹殷離來到了峨嵋派眾弟子們面前。

金花婆婆本是來找峨嵋掌門滅絕師太比招的。現在滅絕師太已死，眾弟子對新掌門多有不服，她先以幾掌制服了牙尖齒利的丁敏君，見周芷若不計前嫌維護同門，又連出三掌挾制了周芷若的致命大穴。周芷若雖命懸一脈，但鎮定自若：「先師雖然圓寂，峨嵋派並非就此毀了。我落在你的手中，要殺便殺，若想脅迫我做甚不應為之事，那你休想。本派陷於朝廷奸計，被囚高塔，但有哪一個肯降服呢？周芷若雖是年輕弱女，既受重任，自知艱巨，早就將生死置之度外。」

金花婆婆聞言哈哈一笑，說道：「滅絕師太也沒怎麼看走眼啊！你這小掌門武功雖弱，性格兒倒強。嗯！不錯，不錯，武功差的可以練好，江山易改，本性難移。」

峨嵋派弟子見周芷若在強敵挾持下不辱本派威名，都對她心生敬佩，門下弟子靜玄等人本想解救周芷若，卻被金花婆婆制服了，周芷若見同門被金花婆婆點穴後痛苦難擋，懇求請她解救。金花婆婆厲聲道：「你要保全峨嵋派聲名，便保不住自己性命。」說罷從懷中取出一枚藥丸，說：「這是斷腸裂心的毒藥，你吃了下去，我便救人。」

周芷若不顧靜玄等人阻攔毅然咽下了毒藥。

峨嵋衆弟子見掌門捨身救人，心裡都十分感激，金花婆婆也不覺讚道：「很好，挺有骨氣。」

以上兩個片段在《倚天屠龍記》全書中只能算是兩個非常小的情節，但對於理解周芷若而言，卻是至關重要的。細心的讀者也許會發現，這兩個片段的一個共有特徵便是，生與死的選擇、玉碎與瓦全的選擇。武林中人，義字當頭，捨生取義，威武不屈是江湖俠士精神的集中體現。周芷若雖不過是一位柔弱女子，在這點上也算是巾幗不讓鬚眉。面對伸到眼前的長劍，她也害怕；面對金花婆婆這樣的強敵，她也「花容失色」，而這善根，也是她在日後權欲心重，多行不義之後精神崩潰的最終根源。她始終堅守住了一個「義」字，而這個「義」，正是周芷若性情中的善根。而周芷若的性情，外柔而內剛，當心存「義」字時，她是一個溫柔秀麗、英武不屈的女俠；當心存「不義」時，她的柔弱變成了欺騙的武器，她的剛毅變成了作惡的狠毒。她是金庸筆下一個頗為獨特的人物，著墨不多但耐人評說。可恨，可歎，可惜……每一位讀者都可以在他們掩卷沉思時，為周芷若的悲喜人生作出不同的結語。

順從為表，決斷在心

周芷若的性情，除了我們在上文中分析的柔弱、剛毅、心計之外，還有順從的一面，主要表現為順從師命、順從天命。

周芷若是一位出身貧寒的女孩。她自幼母親早亡，父親又死於元軍箭下。如果不是遇到武當掌門張三豐等人，又經他引見投身峨嵋派滅絕師太門下習武，她一個十歲孤女亂世飄零，恐怕早就不能保全性命。周芷若進入峨嵋派，就把這裡當作自己的歸宿，把滅絕師太當作自己的再生父母。她的唯師命是從，有謹尊武林中嚴格規範的成份，還有其他弟子所不及的，發自內心的眞誠感激之情。

周芷若拜師學藝雖晚，但卻表現出很高的天資。雖然由於時間所限，她的武藝在峨嵋衆弟子中只能算是平平，但滅絕師太看出她長進速度奇快，領悟心得獨到，已然爲她作出了「不可限量」的四字評語，還常常在衆弟子面前誇獎周芷若，有意無意間流露出要傳位於她的意思。

師父對自己恩重如山，周芷若當然將謹遵師命看作天經地義的事般。在崑崙山光明頂上，武林六大門派合力圍攻明教，張無忌在明教衆人非死即傷的嚴峻形勢下獨力抵擋。峨嵋派衆弟子見師父滅絕師太不能取勝，大家一齊湧上占住四面八方，將張無忌和滅絕師太圍在核心。滅絕師太倚仗手中一把鋒利無比的倚天劍，一連斬斷了張無忌從峨嵋衆弟子手中奪下的多把寶劍，唯獨周芷若還持劍在手，那是因爲張無忌感念她臨場指點，又顧念往昔舟中餵飯服侍之德的有意回避。

張無忌的一番好意，讓周芷若在峨嵋衆弟子中顯得十分突出，此時丁敏君冷言如刀：「你眼看師父受這小子急攻，怎地不上前相助？你手中有劍，卻站著不動，只怕你在盼望這小子打勝師父呢。」滅絕師太聽到提醒，心中也感蹊蹺，於是朗聲喝道：「芷若，你敢欺師滅祖嗎？」說罷舉劍便刺。

周芷若不敢抵擋師父的長劍，張無忌早已飛身相救。他一手抱住周芷若，另一隻手轉折擒拿，奪下了滅絕師太手中的倚天寶劍，然後倒轉劍柄，請周芷若把寶劍還給滅絕師太。

周芷若呆立場中，不知所從，進不願殺張無忌，退無法面對師父和同門，就在這時，她聽見師父驀然喝令，要她一劍誅殺張無忌。周芷若自入師門以來從未生出過違拗師命的念頭，倉促間幾乎是下意識地接過長劍，一劍刺向張的右胸。

這一劍見血，不僅大出張無忌的意料，連周芷若自己，也被眼前景象嚇得一聲驚叫，掩面奔回峨嵋派衆人之中。

周芷若的這一劍刺出，既有師父的嚴命，也有她自己的私心。她不願因爲張無忌背叛師門，成爲峨嵋派的棄徒，武林中欺師滅祖的叛逆。在周芷若的心目中，峨嵋派就是她的歸宿，師命更是不可違抗，她雖然鍾情於張無忌，但絕不會爲了愛情而放棄一切，於是，我們知道，在周芷若的順從師命的後面，還有一個自己關於人生的決斷。

然而周芷若無論是在心裡，還是在口頭上都是以順從師命來安慰自己，並以此向他人表白。當她與師父一起被囚禁在萬安寺十三級高塔之上，滅絕師太絕食明志，周芷若被趙敏手下帶到大殿問話。趙敏問周芷若有何打算，周芷若道：「我小小女子，有甚麼主張？師父怎麼說，我便怎麼做。」後來，滅絕師太看見情勢危急，叫周芷若前來受命。周芷若先按師父所教發下重誓，又跪接了掌門人的鐵指環，然後得知了本門驚天的秘密，滅絕師太口口聲聲：「師尊之命，你也敢違背嗎？」「你不聽我言，便是欺師滅祖之人。」——如果說直到此時，周芷若還不過是順從師命，在不知不覺中成了峨嵋一派的掌門的話，那麼從這以後，這師命就變成了周芷若心中的天命：是命運讓一個武藝平平的峨嵋女弟子在瞬間擁有了掌門之尊；是命運讓她周芷若獲取了奪取倚天劍與屠龍寶刀，練成武功天下驚的唯一幸運；也是命運成全了她心目中曾經有過的關於權勢與榮華的幻想。

周芷若甘心情願地順從了天命。師父死後，她在峨嵋眾弟子前亮出身上的鐵指環，聲明自己就是峨嵋派第四代掌門人。然而峨嵋派中女弟子眾多，其中不乏野心勃勃，妒心奇重之人，周芷若拜師既晚，武功稀鬆平常，何以服眾？儘管面對金花婆婆的挑釁，她冒死解救同門之苦，但金花婆婆的話也不無道理：「憑你這點兒本領，能做這武林大派的掌門人嗎？」

此言正是周芷若的痛處。

周芷若明白，先師圓寂，自己地位不穩，當務之急就是要依照師父遺命，找到倚天劍和屠龍刀，依師父所言刀劍互斫，取出秘笈，練成獨門武功，獨霸當今武林。到那時，不但江湖高手不敢小視自己，峨嵋掌門的位置自然也穩如泰山。——至於用什麼樣的手段來達成目的？周芷若被欲念扭曲了的心靈已經無法告誡她自己避惡從善，取之有道了。

在其後的故事中，周芷若被金花婆婆挾持去了南海靈蛇島，在島上，她見到了金毛獅王謝遜，還有他手中的那把人人垂涎的屠龍刀。手執倚天劍的趙敏和張無忌也同船上島。在與波斯明教中人的一番激烈海戰後，島上只剩下了周芷若、趙敏、殷離、張無忌、謝遜，還有一名舵工。

倚天屠龍寶刀就在眼前，周芷若豈能錯過這難得的良機？這時，她的順從師命，順從天命，都化作了順從自己的權欲之心。心中有了獨霸武林，享受尊榮的決斷，她的下手也毫不留情：趙敏機變無雙，是自己詭計的最大威脅，必須趕走，不但要趕走，而且還要嫁禍於她，一來斷了張無忌的綿綿情絲，二來放鬆對自己的注意，爲暗練武功贏得時間；殷離病勢沉重，一番表白讓自己惱怒不已，乾脆殺死，一了百了；謝遜雙目失明，但心如明鏡，不如點他穴道，送與仇敵；張無忌對自己信任無比，假藉爲表妹報仇之名，正好利用他殺死趙敏，解除自己的心腹之患。

周芷若策劃得周全，實施得精心，表演得精彩，果然一切如願以償。等到比武少林，周芷若的陰謀敗露。她因心中有鬼，屢屢被殷離的出現擾得心緒不寧，她向張無忌哭道：「你卻不知道我師父在萬安寺的高塔之上，跟我說了些甚麼。她將屠龍刀與倚天劍的秘密說與我知曉，要我立誓盜得寶刀寶劍，光大峨嵋一派。要我立下毒誓，假意與你相好，卻不許我對你眞的動情……」於是，心地善良的張無忌便把周芷若既往的種種陰狠毒辣行徑，全都歸咎於她繼承師父衣缽，受師父遺命，一切自必出於師父所屬。其實，一直到此時，張無忌也一直沒能看透周芷若的爲人，她的順從師命不過是一個藉口，一個既給他人寬恕自己的藉口，也給自己放縱惡行的理由，而周芷若陰險、毒辣的詭計都早已在這個藉口之下變成了惡毒的決斷。

周芷若的人生哲學

感情篇

周芷若的感情世界是一個充滿了極端的、混亂的世界。

說它極端，是因爲這感情中有傾心相戀的眞情實感、有由愛生妒的心狠手辣、還有愛無所獲的毀滅之惡。

說它混亂，是因爲這世界裡情絲纏繞、人物錯綜、恩恩怨怨難以細說端詳。

進入這樣一個奇特的世界，我們必須讀懂周芷若關於情的四個字，眞、專、恨、歸。

情眞

《倚天屠龍記》中，金庸在張無忌身邊安排了四位美麗的少女：趙敏、殷離、周芷若和小昭。這四位女性對張無忌都是眞情相待，而周芷若的情眞與其他幾位又有所不同。

首先，這情眞裡有少年相識的緣。

周芷若與張無忌的第一次相遇是在漢水中的小船之上，當時，周芷若只有十歲左右的年紀，貧寒人家女孩的打扮掩藏不住姿容的秀美，更加上她少小當家，懂得世道的艱難，體恤長輩的辛苦，理解同輩的感受，在武當掌門張三豐眼中，是一個心地善良、細心周到的好女孩。

而此時的張無忌呢，面色青黃，重病纏身，是一個病懨懨的小公子，雖然年紀上大過周芷若兩歲，但因爲重病常常得到武當衆人特別呵護，難免自憐自艾，說話做事頗爲任性。

周芷若在踏上張無忌他們的小船前剛剛經歷了少年喪父的悲痛，但她沒有等待別人的安慰，而是主動承擔起了照顧張無忌飲食的責任。她細心地餵張無忌吃飯，勸他保重身體，輕言細語曉之以理、動之以情。臨分別時，周芷若又特地登船爲張無忌擦拭淚水，遺帕惜別。

這一番同船共渡，同艙共膳的經歷也許是周芷若在其後人生中非常難忘的一幕。我們知道，周芷若與張無忌在漢水邊分別後，就跟隨張眞人前往武當山，後來又轉投峨嵋派門下。峨嵋派女弟子衆多，掌門滅絕師太待人嚴厲，派中嚴戒淫邪無恥，每位女弟子拜師之前，師父都要在少女手臂上點下守宮砂，若非嫁人或失身，否則守宮砂終身不退。每年逢峨嵋派祖師爺郭襄女俠的誕辰，峨嵋掌門都要親自逐一檢視，如有守宮砂消失的嚴懲不貸。試想，周芷若在這樣的環境中成長，她一顆懷春的少女之心必無法情有所托，上峨嵋之前與張無忌的一段同船共渡的經歷或許在她心中一遍遍回想，張無忌的病也許成爲她心中的一個掛念。

我們的這番推測並不是虛妄之辭。

七年多以後，張無忌已經長成了一個英俊少年，他和表妹殷離一起被滅絕師太捉住，由於斷了雙腿，被放在雪撬上隨峨嵋派衆弟子前行。這一回，周芷若拿了冷饅頭給張無忌和殷離，張無忌見她已經認不出自己的相貌，忍不住輕聲說：「漢水舟中餵飯之德，永不敢忘。」周芷若聞言全身一震，當即轉過頭去仔細辨認，待她認出張無忌，不禁「啊」的一聲，面露驚喜之色，然後輕聲問：「身上寒毒，已好了嗎？」張無忌回答「已經好了」，周芷若臉上一陣暈紅，走了開去。

如果不是時常想起，事隔七、八年，周芷若如何能一認出張無忌，便關心他身中的寒毒；如果不是心有所念，如何張無忌一句「永不敢忘」便讓她臉上暈紅一片？戀愛中的女孩的模樣，也許只有旁觀者清，在張無忌的表妹殷離，一個同樣對張心存愛慕的少女眼中，「周芷若驀地裡喜不自勝，隨即嘴唇微動，臉上又現羞色，雙目中卻是光彩。」

周芷若之喜，是與張無忌有緣再見。

其次，周芷若的情眞是有欲幫還休的難。

周芷若雖然認出了張無忌，但那時，張無忌是滅絕師太手中的俘虜，而她身爲峨嵋弟子，自然不敢有所流露。後來，峨嵋及武林各派衆人遇到明教銳金旗和天鷹教人士。峨嵋掌門滅絕師太對明教恨之入骨，手起劍落，一連砍下了五、六位明教教徒的手臂，張無忌見狀忍無可忍，縱身從雪橇中躍出，大聲指責峨嵋派殘忍兇狠。滅絕師太見他頗有武功，約定只要張無忌接住她的三掌擊打，她便放過明教衆人。

滅絕師太身爲峨嵋掌門，習武修煉數十年，手下功夫自然了得。張無忌答應接她三掌，實際上是冒死救人的險著。果然，滅絕師太第一掌下去，張無忌便口吐鮮血委頓在地，殷離見狀請周芷若上前勸阻，並說：「他心中很喜歡你，難道你不知道嗎？」周芷若滿臉通紅，雖然口中啐道：「哪有此事？」可心中還是充滿歡喜。

張無忌第二掌接過又口吐鮮血，但仍顫顫微微地坐起，運動內氣，準備接第三掌。滅絕師太以掌門之尊不願乘人之危，可峨嵋派中丁敏君見張無忌自己運息療傷，就有意激怒於他立即接第三掌。周芷若以「顧念本門和師尊的威名，別讓旁人說一句閒話」爲由，明裡稱讚師尊，暗中幫助張無忌，一番話句句得體，字字鏗鏘，不但說得衆人暗中點頭，也讓滅絕師太欣喜不已，認爲她識得大體。在各派高手前爲峨嵋增添了光彩。

張無忌接過滅絕師太的三掌擊打，救下了明教衆人性命，滅絕師太也不食言，率領衆弟子離去了。

周芷若再一次對張無忌出手相幫是在崑崙山光明頂上。當時，崑崙山上華山派的人將張無忌團團圍住，周芷若見他處境危險，便假裝向師父請教，以丹田之氣吐出她在一旁觀戰的心得，並不時誇耀本派武功的精妙，既迎合了滅絕師太自高自大的心意，又不失時機地指點張無忌破敵之法。張無忌心中感謝，又怕她一再指點被旁人瞧出破綻，於是速戰速決，一舉打敗了崑崙、華山派的圍攻。

如果說事非關己，周芷若尙可對張無忌暗中相助，那麼當峨嵋衆弟子與張無忌對陣之時，周芷若便沒有退路。如前面所講述的，滅絕師太一聲斷喝，周芷若不敢承擔欺師滅祖的罵名，長劍一出刺向張無忌的胸膛。就在劍尖抵住胸口之時，周芷若對自己一劍奪命的想法產生了遲疑，手腕微側，長劍略偏，傷及右肺。

張無忌雖然對周芷若的這一擊感到詫異，但後來還是原諒了她的行為，因為張無忌明白，滅絕師太嚴令之下，周芷若沒有依命「一劍將他殺了！」已是在袒護自己了。

再次，周芷若的情眞裡有情非得已之痛。

周芷若刺傷張無忌後，跟隨峨嵋派衆人下了光明頂，在返回中原的途中被趙敏所擒，後來，她臨危受命擔任了峨嵋派的第四代掌門，在師父滅絕師太面前罰下毒誓，承擔起光大峨嵋一派的重任。

擔任掌門後，周芷若彷佛脫胎換骨一般，與以前那個溫順善良的女俠判若兩人。她先用詭計騙得張無忌的信任，盜取了寶刀寶劍，然後加害了張無忌的表妹殷離，嫁禍趙敏，又練成九陰白骨爪，還點了張無忌義父謝遜的穴道，讓他落入仇敵之手，最後在少林比武之時屢屢使用奸險招數，換來了「天下武功第一」的名頭。

周芷若連續爲非作歹，多行不義之事，難道她不明白，她所加害的，都是對張無忌有情、有恩之人，傷害了他們，也就傷害了張無忌，不也就傷害了張無忌對自己的感情嗎？周芷若當然明白，但她仍然將這樣做。

因爲在周芷若的內心，最爲看重的不是感情，而是權力欲望。

身爲女人，周芷若一直渴望得到張無忌的愛情。在小說最後，周芷若追問張無忌，在他的心中，四個女孩究竟誰的份量最重，在得到了讓她失望的答案後，她低聲道：「我對你可也是銘心刻骨的相愛。」——周芷若所言不虛，她感情的寄託自始至終都在張無忌的身上，但這感情從屬於她的野心。——她一心想當掌門、武林至尊的野心。於是，周芷若那一段銘心刻骨的愛成了欲說不能、欲斷不忍的痛，她欺騙張無忌，傷害張無忌都是出於不得已，然而這不得已的悲哀在於這壓力不是來自於外界，而是來自於內心。所以周芷若這段感情最大的敵人正是她自己，她的私心、她的權欲、她的勃勃野心。

金庸在《倚天屠龍記》中，一共描述了張無忌與四位美麗少女的愛情，他愛深諳人物刻劃其對比色彩，相得益彰的妙處，在小說中，異族少女小昭對張無忌的純眞愛戀正是周芷若情愛觀的一面鏡子。

小昭是一位具有波斯血統的美麗少女。她的母親，明教紫衫龍王黛綺絲本來是波斯明教的聖女，受明教總教的指派，前往中土明教尋找「乾坤大挪移」武功心法。明教規矩，聖女終生不得嫁人，如有違抗，不管逃到天涯海角也要全力捉拿，並且以烈火焚身極刑懲戒。小昭的母親身爲聖女，卻又與一位名叫韓千葉的俠士結爲夫婦，只有改頭換面，化名金花婆婆，裝扮成一副醜陋病弱的年長婦人行走江湖。然而，儘管她武功高強，行蹤詭秘，隱性埋名數十年，但最終還是被波斯明教總教查訪到下落，派出波斯使者到南海靈蛇島上捉她歸案。

波斯使者人多勢衆，船堅炮利，黛綺絲、謝遜、張無忌，再加上四位美麗少女如何是他們的對手?他們先捉住了黛綺絲，又使計策炸壞了張無忌他們的座船，汪洋之中，船將傾覆，眼看一干人性命堪憂，這時，黛綺絲與小昭用波斯話激烈地爭辯起來。

「忽然之間，黛綺絲嘰哩咕嚕的向小昭說起波斯話來，兩人一問一答，臉上神情變幻不定。只見小昭向張無忌瞧了一眼，雙頰暈紅，甚是靦腆。黛綺絲卻厲聲追問。兩人說了半天，似乎在爭辯甚麼，後來黛綺絲似乎在力勸小昭答應甚麼，小昭只是搖頭不允，忽問張無忌瞧了一眼，歎了口氣，說了兩句話。黛綺絲伸手摟住了小昭，不住吻她。兩人一齊淚流滿面。小昭抽抽噎噎的哭個不住，黛綺絲卻柔聲安慰。」

就像殷離看得出周芷若與張無忌再度重逢時臉上洋溢的驚喜，趙敏等人也自然看得出小昭對張無忌的一番愛戀。雖然他們聽不懂黛綺絲與小昭之間的對話，但從她們二人相貌上的驚人相似處，都隱約透露出了不尋常的訊息。

原來，小昭正是黛綺絲的女兒。黛綺絲嫁給韓千葉之後，知道自己將永遠逃脫不了明教的追捕，於是暗中派女兒小昭前往光明頂，爲的是完成自己未能完成的使命，尋找乾坤大挪移心法。小昭上了光明頂，故意扭嘴歪鼻，裝成醜女模樣，但她的相貌與紫衫龍王依稀仿佛，所以仍受到光明左使楊逍的提防。直到張無忌上得光明頂，力鬥武林六派保全明教，又榮登教主之位，小昭作爲他的婢女服侍左右，明教中人這才放鬆了對她的戒備。如果說小昭工於心計，奉了母親之命故意潛伏明教之中，伺機盜取乾坤大挪移心法；那麼，她在幫助張無忌進入秘密通道，習得乾坤大挪移心法後卻和她的母親一樣，因爲感情而改變了初衷。跟隨張無忌兩年多來，她盡心服侍，甘做婢女。面對張無忌的處處留情、徘徊不定，小昭既沒有像殷離那樣恨之不專，也沒有像趙敏、周芷若那樣使性鬥氣，明爭暗奪，小昭的愛情是寬厚的、無私的，甚至是有一點點卑微和淒美的。她對張無忌的愛充滿敬意、充滿柔情，她情感的滿足不是獨佔，而是只要能待在張無忌的身邊，注視他、服侍他、愛慕他，這樣的愛情在別的姑娘看來也許不可思議，但在張無忌看來卻是可憐到令人心疼，然而就是這樣的一點小小的心願，小昭爲了拯救張無忌和其他「情敵」們的性命，也不得不放棄了。

黛綺絲明白，當時的情勢危急萬分，只有小昭一人可以化解此一大難，那就是代替她出任波斯明教總教主。可小昭一旦應允，那便意味著她必須終生保持神聖處女的身分，與張無忌從此東西永隔，情緣散盡。

小昭別無選擇。

用山窮水盡形容當時的狀況是非常恰當的，但我們卻找不出一個恰當的詞來形容小昭彼時內心的悲哀。

小昭成爲了新教主後，立即命人搭救張無忌等人上了她乘坐的大船，她將張無忌安排在裝飾華麗的房艙裡，又親自奉了一套乾淨的衣衫要給他換上。張無忌心中酸楚，說：「小昭，你已是總教的教主，說來我還是你的屬下，如何可再作此事？」

小昭求道：「這是最後一次了」，以後兩人便是「東西相隔萬里，會見無日」，便是「再想服侍你一次，也是不能的了。」她堅持像平日一樣幫張無忌換了衣衫、扣上衣鈕、結上衣帶，又幫他梳了頭髮，然後將頭靠在張無忌的胸前，向他作最後的傾訴：「我只盼做你的小丫頭，一生一世服侍你，永遠不離開你。……咱們今天若非這樣，別說做教主，便是做全世界的女皇，我也不願。」

這就是小昭，一位異族少女的愛情觀。和周芷若相比，小昭似乎更有成就功名的條件。她的母親是波斯總教的三位聖處女之一，奉命前來中土，積立功德，以便回波斯繼任教主之位。後來，母親情難自己，叛教成婚，就將聖處女的七彩寶石戒指傳給了小昭。小昭在光明頂秘道中發現了乾坤大挪移心法，並且暗中默記，此時的她，身分未洩露，只要找機會偷偷離開了光明頂，再設法回到波斯，那便是明教總教的有功之臣，教主之位唾手可得。然而小昭沒有這樣做，她甘願以婢女的身分生活在所愛之人的身邊，將功名權勢、榮華富貴看作是浮雲，寧願捨教主之尊而獲得兩情相悅。

小昭在向張無忌作最後的表白之後，忽然有了爲愛而獻身的衝動，然而此時，母親一句理智的話語讓她猛然清醒：「你克制不了情欲，便是送了張公子的命。」於是，她驀地跳起，要求張無忌將自己忘記，還推薦殷離成爲張無忌的「良配」。

這又是一幕情非得已的告別。如果說周芷若是因爲戰勝不了自己的野心而犧牲了愛情，那麼小昭則是爲了愛情而選擇了放棄。

前者權欲熏心，後者視之如草芥，雖然她們最終都獲得尊貴的地位，但這獲得的背後，一個是惡毒的陰謀，一個是善良的癡情，孰清孰濁，高下立辨。

不能說周芷若對張天忌沒有眞情，她的情是眞的，她的權欲也是眞的，當眞情不敵權欲，周芷若選擇了犧牲愛情、甚至利用愛情。雖然在其後的故事中，她口口聲聲向張無忌哭訴滅絕師太臨終前讓她罰下的毒誓，但那不過是掩蓋自己惡行的藉口，宅心仁厚的張無忌或許可以原諒她，但置身事外的讀者則各有裁決在心中。

也許，像周芷若這樣的女人擁有這份眞情，就是她的悲哀。沒有了這份情，她會壞得更純粹一些，她所承受的內心煎熬會減少一些。讀者也會恨她恨得更徹底一些——當然，金庸先生不會那樣做，因爲那樣，他的筆下就少了豐富複雜、留待他人評說的「這一個」。金庸先生所作的，是刻劃了另一位純眞的少女，讓小昭作爲至眞至純的象徵來反襯周芷若的權欲和野心，及其對眞情的褻瀆，讓讀者珍惜情眞的不易，且感歎著人心的多變。

情專

周芷若是金庸筆下一位外表柔弱，內心複雜的女性，就像我們不能從一般意義上去理解她的情眞一樣，她的情專也與衆不同。

周芷若對張無忌的情感是專一的而不是專注的，是深情的而不是癡情的。《倚天屠龍記》中，出現在周芷若感情生活中的男性一共有兩位：一位是張無忌；另一位是宋青書。

張無忌與周芷若是青梅竹馬之交。初次相遇時，張無忌身體病弱，面色青黃，也許正是他的不幸讓善良少女周芷若萌生了愛憐之心，她舟中餵飯，岸邊惜別，七、八年後相遇，雙方僅用短短一句問候話語，便可前緣再續。在其後的故事發展中，張無忌多次遭遇危險，周芷若總是在自己力量所能及的範圍內暗中相助。後來在靈蛇島上，周芷若依照師父滅絕師太的遺命盜取倚天劍和屠龍刀，又設下計謀傷害殷離，「趕走」趙敏，並在張無忌義父金毛獅王謝遜的主持下與張無忌訂立了婚約。此時的周芷若，武學秘笈既得，愛情幸福甜蜜，是她最爲嚮往的生活狀態，然而她也清楚，所有的這一切不過是水月鏡花，只要一回中土，眞相大白，她的婚約、她的愛情便要隨著張無忌的離去而煙消雲散。所以在島上，周芷若堅持讓張無忌對月起誓，永遠原諒她的「錯處」，而張無忌料想，周芷若擔心的「總是我對趙敏、對小昭、對表妹人人留情，令她難以放心」。他哪裡知道，殷離、趙敏正是被周芷若設計陷害的，她的這一計中，有爲得秘笈而嫁禍於人的險惡用心，更還有著一位女性的專情。

如果不是在船上聽到病重之中殷離斷斷續續的告白，周芷若也許不會滿懷妒意地在殷離那已經不美麗的臉上劃下十七、八道劍痕；如果不是幾經交手瞭解到張無忌與趙敏不打不相識，相識情愫滋生的過去，周芷若也許不會冷言冷語地激怒張無忌在殷離墓前立下必殺趙敏的誓言：每一個情敵她都欲除之而後快；每一次計謀她都考慮要一箭雙鵰。有人說愛情是自私和排他的，而這句表示對待愛情必須專一的話到了周芷若這裡，卻變成了一個令人觸目驚心的極端：她不是讓情敵離開戀人的感情世界，而是讓她們完全從這個世界上消失。

周芷若的這點秉性與愛慕她的另一個武林少年倒頗為相似。這少年的名字叫宋青書。

宋青書是武當派七俠之首宋遠橋的獨生愛子，武當派未來的第三代掌門人。宋青書第一次在峨嵋衆弟子面前出場是在西域大漠之中。當時，他正與天鷹教殷氏三兄弟過招，只見他「法度嚴謹，招數精奇，確是名門子弟的風範」，加之生得眉清目秀，俊美之中帶著三分軒昂氣度，頓時贏得了峨嵋派衆弟子的齊聲喝彩。

在峨嵋衆女中，宋青書唯獨對周芷若一見鍾情。他自見了周芷若，就變得情難自已，不但暗中常偷望她的一顰一笑，而且眼見周芷若對張無忌神色關切、情意纏綿，更是恨之入骨。

宋青書英雄少年，名門之後，本來就令人欽羨，更難得的是他不但天資聰慧，求教名師屢屢切中機竅，而且還頗具帥才，強敵之下臨危不亂，更兼入耳不忘的奇特本領，使得峨嵋派掌門滅絕師太對他也讚歎不已。然而就是這樣，一位年輕才俊，遇到「情」關，竟也方寸大亂。

在《倚天屠龍記》中，宋青書是一個徹頭徹尾的悲劇人物。剛出場時他文武雙全，爲人端方重義，可自從遇到周芷若之後，渴求愛情而不得的宋青書開始變得狹隘、卑劣、惡毒。

光明頂上，宋青書與武林各派一起參與圍攻明教，他見到周芷若雖身在峨嵋派陣中，眼裡、心裡卻分明記掛著他們的對手張無忌，使他不知不覺對張無忌生出極深的恨意。後來，張無忌在周芷若的劍下重傷，依照武林規矩，此時叫陣，勝之不武。但宋青書對張恨不能殺之而後快，於是出手狠毒，招招意在奪命。不想被張無忌一一破解，大敗而歸。

宋青書此番落敗，心有不甘。他聽說周芷若與張無忌一起赴南海島，就想假借他人之手殺掉張無忌奪回心愛之人。爲此，宋青書不惜投靠丐幫，告之謝遜下落，讓陳友諒等人追到島上捉拿謝遜。別人意在奪刀，他則意在奪愛。後來，靈蛇島上丐幫失敗，陳友諒又指使宋青書前往武當，在武當諸俠食物中下毒，引誘張無忌現身。

如此有違孝義之事，身爲武當弟子的宋青書自然不肯應允。但後來陳友諒點出宋青書以下犯上的罪孽，宋青書竟也應允了。

宋青書的以下犯上也與周芷若密切相關。原來，宋青書見到周芷若後心存愛慕，竟不顧禮數於深夜之中前去偷窺峨嵋諸女的臥室，結果被他的師叔，武當第七俠莫聲谷發覺，爲了懲戒他的淫邪之心，莫聲谷一路追趕，兩人在石岡比武，宋青書在陳友諒的暗中相助下殺死了師叔，並將屍身棄置山洞之中、野獸出沒之地。

宋青書既犯下殺叔大罪，當然不能見容於武當。他轉而跟隨陳友諒，其後又歸入周芷若任掌門的峨嵋派門下。在峨嵋派中，他向周芷若學得幾手九陰白骨爪，並在少林比武中以峨嵋弟子身分抓死丐幫執法長老，又以武當功夫與師叔們對陣，最後在武當俞二俠的一招「雙風貫耳」之下頭骨碎裂，生命垂危。

宋青書以武當名門之後的出身，最後落得個武當門派人人得而誅之的下場，他的人生逆轉就在一個「情」字。由情而心生妒嫉，由情而失理智，由情而犯大忌，由情而變成不孝不義的武林罪人。宋青書用情專一，他第一次見到周芷若，就認定她是自己追求的理想伴侶，此後他的墮落也都因爲奸邪之人以周芷若爲誘餌使之越陷越深，不能自拔。後來，就連周芷若本人也利用了宋青書的這份感情，她答應比武少林之後就下嫁於他，宋青書果然在沙場之上勇猛異常，在身受重傷之後，宋青書最關心的仍是是否殺了張無忌，解除了他的心腹之患，可周芷若卻想著以他的擔架爲掩護，將已經斷成四截的倚天劍和屠龍刀送下山去。

峨嵋女俠貝錦儀的一番話道出了所有讀者對宋青書所流露出的無限惋惜：「以這位宋少俠人品武功，本來是武林中少見的人物，只是一念情癡，墜入了業障。」

從情專到情癡，一字之差，卻謬之千里。如果說周芷若對張無忌是專情的，她自始至終都鍾情於張一人，對宋青書的苦苦追求不爲所動；那麼宋青書對周芷若則是一片癡情，並且由於癡情一錯再錯，以致陷入罪惡的泥淖而不能自拔。周芷若用情專一但並不專注，當掌門人的尊貴地位向他召喚，她便毫不猶豫地將她的個人情感擱置起來，包藏起來，作爲了權欲的祭品。

宋青書對周芷若是癡情的，並因此變成了一個無信無義、兇險惡毒的男人，但這是宋青書的錯，而不是癡情的錯。因爲就在《倚天屠龍記》中，我們還可以找到另一個用情專一，至死不渝的癡情女來作爲周芷若的反襯。

這位女子就是殷離。

殷離是張無忌的表妹，她的父親殷野王是張無忌的母親殷素素的兄長。殷野王的原配妻子，也就是殷離的母親因爲只生了個女兒，並無子嗣，最終被殷野王厭棄，另娶妾侍，育有二男。殷離的母親祖傳有一種奇特毒功「千蛛萬毒手」，雖然厲害無比，但練過這門武功會使得練功之人滿臉腫脹，醜陋不堪。殷離的母親爲了嫁給殷野王，自廢已有小成的武功，雖然恢復了秀麗的容貌，但受盡欺侮卻無還手之力。殷離見母親受苦心中不平，她找個機會殺了二娘，逃出家門。父親聞訊震怒，從此斷絕了父女情份，她的母親也因此被逼自盡身亡。

殷離逃出家門後拜金花婆婆爲師學習武功，同時繼續練習獨門功夫「千蛛萬毒手」，隨著她功夫日進，她的容貌也變得愈來愈醜陋，但她並不後悔，她知道，以色事人終究短暫，只有練成高強本領，才能對待情敵，愛己所愛。

殷離的所愛就是張無忌。

殷離與張無忌第一次相見是在「蝶谷醫仙」胡青牛所處的蝴蝶谷內。其時，殷離還是一個相貌美麗的小姑娘，跟隨師父金花婆婆到蝴蝶谷找胡青牛尋仇，金花婆婆得知張無忌是武當派張五俠之子，又身中寒毒，就打算帶他一同回靈蛇島上，也給殷離作個伴。殷離聽後高興異常，一把抓住張無忌的手不肯放開。張無忌堅絕不肯從命，殷離伸手扣了他的脈門，張無忌被一個小姑娘挾持著動彈不得，情急之下猛一低頭，在殷離的手背上用力咬了一口。

張無忌的這一口咬得厲害，殷離大叫一聲「啊唷！」右手背上已是血肉模糊一片了。殷離的傷在手上，而她卻把張無忌這個人記在了心裡，成爲了她少女情懷中苦苦追尋的夢中情人。

殷離與張無忌第二次相見時已是面目全非了。她雖然正值十七、八歲的妙齡，但由於練「千蛛萬毒手」，弄得面容黝黑，臉上肌膚浮腫，凹凹凸凸，顯得極爲醜陋。此時的張無忌遭朱長齡陷害墜下懸崖，摔斷了雙腿，正在雪地中靠食兀鷹生肉暫時維持生命。殷離荊釵布裙恰巧路過，就好心地給張無忌麥餅充饑，接著又爲他帶來美味的燒雞、羊腿和麵餅，還將自己的心事告訴給了這位「素不相識」的年輕人。

張無忌此時也是面目全非，他爲了逃避朱長齡的追捕躲入翠谷與猿猴爲伴，後來又被陷害墜入懸崖。由於數年沒有與人打交道，鬍子叢生，衣衫襤褸，被殷離看作是醜八怪。幾天來蒙殷離照料腿傷漸好，他從心底裡感激這位容貌雖醜，但卻心地善良的姑娘。

張無忌本以爲這村姑模樣的殷離不過是古道熱腸的好心人，不料幾天後由於情勢所逼，卻成了他訂立「婚約之盟」的未婚妻。殷離受武家兄妹、崑崙派何太沖夫婦，以及峨嵋弟子丁敏君的追殺性命不保，臨死前她要求見張無忌一面。於是，衆人便來到張無忌養傷的隱蔽之處。殷離當著衆人的面問張無忌是否願娶她爲妻，張無忌見她身處危難，眞情一片，便慨然允諾，誰知殷離聽過他的這一番誓言，卻說「我不能嫁給你」。原來，此時的張無忌形容大變，早已不是殷離記憶中的模樣，再加上他又化名爲曾阿牛，殷離更是無從想起他與張無忌之間的關聯，於是殷離說：「早在幾年之前，我的心早就屬於旁人了。」「……阿牛哥哥，我快死了，就是不死，我也絕不能嫁給你。」

儘管殷離不識曾阿牛是張郎，但張無忌眼見表妹有難，還是出手相助。在張無忌的暗中相助下，殷離打敗了前來索命的六人，又用柴枝紮了雪撬，將雙腿折斷的張無忌放在雪撬之上提氣疾奔，意在躲避峨嵋派強敵追殺。

然而，殷離心機巧算，最終還是沒能逃脫滅絕師太的追殺。不久，她與張無忌雙雙淪爲師太的俘虜，被押解著隨峨嵋派弟子一同西行，途中又遇到她的親生父親殷野王，殷野王憎惡殷離的醜陋模樣，又忘不掉當年殺妾之仇，便要取了她的性命，張無忌見狀奮力解救，雙方正要交戰之時，殷離被明教青翼蝠王韋一笑一把抱起，一笑飄然而去。

青翼蝠王韋一笑輕功蓋世，張無忌等自然追他不上。張無忌知道，韋一笑有一個恐怖怪異的習慣，那就是每次施展武功後，必須飽吸一個活人的熱血。此前，他已爲此殺死了峨嵋派的兩位弟子，現在殷離落入了韋一笑的手中，張無忌焦慮萬分。

韋一笑並沒有吸殷離的血。此時明教正受到武林六大門派的圍攻，爲了維護教內團結，一致對外，韋一笑見殷離是明教白眉鷹王殷天正的孫女，也就放她一命，免得雙方生隙，讓敵人有機可乘。

殷離第三次在《倚天屠龍記》中出現時，已是張無忌光明頂上獨擋強敵，維護明教，萬安寺中裡應外合，解救群豪之後的事情了。金花婆婆帶著她從靈蛇島來到中土，爲的是找峨嵋掌門滅絕師太再度比武，豈料滅絕師太已去，掌門之位由周芷若接任。

此時的殷離容貌奇醜，可見她的邪毒武功已然更深一層。她與金花婆婆一道將峨嵋新掌門周芷若挾持到靈蛇島上，並不知道同船抵達的還有張無忌和蒙古郡主趙敏、西域女子小昭。金花婆婆本來想施計謀奪了謝遜的屠龍寶刀，殷離念及謝遜是張無忌的義父，因而苦苦相勸。後來，由於波斯明教總教派人來捉拿金花婆婆，也就是明教紫衫龍王黛綺絲，島上衆人合力與波斯人交戰，殷離受重傷昏迷，在昏迷中當著周芷若、小昭、趙敏和謝遜的面，道出了心中埋藏多年的愛戀。

張無忌聽到殷離的表白心中大受感動，卻不料有人懷恨在心，欲置殷離於死地。

此人就是周芷若。

周芷若在船中聽到殷離一番昏迷之中的肺腑之言，瞭解到張無忌與殷離的婚約之盟，心中妒意泛濫。交戰過後，她偷了趙敏的「十香軟筋散」毒倒衆人，病重的殷離體力不支，生命垂危，周芷若非但不憐恤，反而在她浮腫的臉上劃下了十七、八道劍痕以洩心中妒恨。

殷離病勢沉重，不幸「世去」了。張無忌爲此傷心萬分，他精心埋葬了表妹，並在樹幹上刻下「愛妻蛛兒殷離之墓」的字樣，然後和周芷若、謝遜一起歷盡千辛萬苦回到了中原。

然而殷離並沒有死。

當時周芷若妒火中燒，在殷離的臉上劃下許多劍傷，殷離中劍後毒血流盡，臉上的浮腫也漸漸消去。她爬出墳墓，暗中跟蹤周芷若和張無忌，得知了曾阿牛原來就是她夢中情郎的別名，然而等到眞正相見，殷離才發現，眼前這位仁恕寬厚的張無忌早已不是她夢中那位同生共死，仁至義盡的張郎了。殷離將當年蝴蝶谷中的英俊少年定格在自己的記憶裡，希望窮一生的精力去找尋，然而事實上已是事過境遷，無從尋覓。

張無忌和周芷若一面自責，一面認定了殷離有點「瘋瘋癲癲了」。他們大約還沒有讀過這樣的詩句：

「人生自是有情癡，

此事不關風與月。」

殷離是一位專情的女子，更是一位癡情的女子。她活在愛情的幻想裡，活在苦苦的追尋中，她的癡情甚於《倚天屠龍記》中的任何一位青年男女，但癡情並沒有讓她心生邪惡，而是讓她變得更加純潔、美好。與周芷若一樣，殷離也鍾情於張無忌，但令人歎息的是，她對張無忌的愛始終處在一種錯位的狀態，年少時張無忌倔強兇狠，還沒能明白她的心意便一去無蹤；長成後曾阿牛對她盟誓婚約，但殷離不認來者橫加拒絕；小島上張無忌盡心施救，可病重的殷離還沒有等到他澄清身分便抱憾離去；少室山上張、殷二人終於相認，但在殷離的心中已是物是人非。殷離對愛情的專一，追求的執著正是周芷若專情的一個襯托，如果說周芷若的一往情深是有條件、有前提、有限度的，那麼殷離的一腔癡情則是無條件、無理由、無所不能犧牲的，張無忌說殷離「比之腦筋清楚的人，未必不是更加快活一些。」的確，當投身愛情，忘掉世俗的一切功利、權欲、爭鬥等，或許人類的生活將變得更加純淨和令人嚮往。

周芷若的悲哀就在於她不能做到這一點，但她同時又嚮往著這一切。

情恨

許多看過《倚天屠龍記》的讀者都將周芷若性情的大變歸咎於張無忌的薄情寡信、當衆毀婚。在一般人的理解裡，男性對女性造成的最大傷害莫過於始亂終棄。張無忌既在靈蛇島上經義父謝遜作主與周芷若訂立了婚約，那就應當遵守諾言，在回到中原之後擇吉完婚；即使不願與周芷若成婚，也不應該廣爲散發消息，又在武林中各路賓客濟濟一堂時臨陣逃脫；即使臨陣逃脫，如果事關重大，倒也情有可原，再怎麼也不該與另一個女人當衆離去，丟下新娘子一人獨立喜堂。

持這種想法的人認爲，接下來周芷若的陰險狠毒是可以理解的。她身爲峨嵋派的第四代掌門人，而張無忌又是明教教主，兩人成婚可謂郎才女貌、門當戶對。結婚禮堂上，各個門派的掌門人或賀禮的人聚濟一堂，結婚禮堂的正中還有武林一代宗師，德高望重的長者張三豐手書的「佳兒佳婦」立軸，兩方的教派中人更是喜氣洋洋，是何等的風光與榮耀啊！偏偏此時殺出了個趙敏趙郡主。

金庸《倚天屠龍記》中關於周芷若婚變生恨的一場劇目寫得十分精彩：

周芷若霍地住手不攻，說道：「張無忌，你受這妖女迷惑，竟要捨我而去麼？」張無忌道：「芷若，請你諒解我的苦衷。咱倆婚姻之約，張無忌絕無反悔，只是稍退數日……」，周芷若冷冷問道：「你去了便休想再回來，只盼你日後不要反悔。」

趙敏咬牙站起，一言不發的向外便走，肩頭鮮血，流得滿地都是。群豪雖然見過江湖上不少異事，但今日親見二女爭夫，血濺華堂，新娘子頭遮紅巾，而以神奇之極的武功毀傷情敵，無不神眩心驚，誰也說不出話來。

張無忌一頓足，說道：「義父於我恩重如山，芷若，芷若，盼你體諒。」說著向趙敏追了出去。

殷天正、楊逍、俞蓮舟、殷梨亭等不明其中原因，誰也不敢攔阻。

周芷若霍地伸手扯下遮臉紅巾，朗聲說道：「各位親眼所見，是他負我，非我負他。自今而後，周芷若和姓張的恩斷義絕。」說著揭下頭頂珠冠，伸手抓去，手掌中抓了一把珍珠，撥開鳳冠，雙手一搓，滿掌珍珠悉數成為粉末，簌簌而落，說道：「我周芷若不雪今日之辱，有如此珠。」殷天正、宋遠橋、楊逍等均欲勸慰，要她等候張無忌歸來，問明再說，卻見周芷若雙手一扯，嗤的一響，一件繡滿金花的大紅長袍撕成兩片，拋在地下，隨即飛身而起，在半空中輕輕一個轉折，上了屋頂。

楊逍、殷天正等一齊追上，只見她輕飄飄的有如一朵紅雲，向東而去，輕功之佳，竟似不下於青翼蝠王韋一笑。楊逍等料想追趕不上，怔了半晌，重行返回廳堂。

周芷若在結婚拜堂成親的關鍵時刻突然遭到攔阻，而攔阻之人又是眾所周知的情敵。二女華堂爭夫，本來對於周芷若來說就是大爲尷尬之事，更何況自己出手傷人，爭夫得勝，而張無忌卻丟下自己追趕情敵而去，這就等於向所有來賓宣告了她周芷若的見棄。武林中人，講的是「殺身不可墮其志，玉碎不可忍其辱」，周芷若雖一介女流，她雙手搓碎珍珠，憤然離去似乎也在情理之中。

果眞如此嗎？

我們的答案是否定的。

張無忌的悔婚是促成周芷若性情改變的因素之一，但不是決定性因素。決定性的因素來自於她自己：周芷若本人佔有欲極其強盛，對待權力如此，對待愛情也是如此。

周芷若人生命運的改變在滅絕師太傳位她擔任峨嵋掌門時就已經開始了。在此之前，周芷若不過是峨嵋派中一位學藝不精的小師妹，上面除了靜字輩的十二位女尼，還有貝錦儀、丁敏君等多位師姊，她處處行事謹愼，待人謙和，只求能在這紛爭迭出的峨嵋派中求得立足之地，爭奪掌門之位對於她來說無異於癡心妄想。然而世事多變，天命難料，偏偏就在她與張無忌得續前緣的時候，峨嵋派中趙敏之計盡數被囚，滅絕師太慧眼識珠，選中了周芷若承擔重任。

滅絕師太選周芷若繼承掌門之位，除了周芷若的天資獨具之外，一個重要的考慮因素就是她與張無忌之間這層特殊的關係。滅絕師太知道，張無忌對周芷若舊情不忘，而他又是屠龍寶刀下落的唯一知曉之人，周芷若只要假意與他交好，不但可以保全性命，而且還可以獲取倚天屠龍寶刀，取出秘笈，練成武功，光大峨嵋一派。於是，滅絕師太讓周芷若罰下重誓，只可與張無忌虛與委蛇，不能對他心存愛慕，更不能結爲夫婦，否則生身父母地下屍骨不安、恩師變成厲鬼日日相擾，兒女爲奴爲娼永世不得翻身。

周芷若罰下毒誓後心驚膽顫，但當她瞭解了倚天屠龍的秘密後，她已經下定了決心，一定要奪取寶刀，練成武功，完成師父的遺願。

但她還不打算放棄對張無忌的情感。

周芷若的如意算盤是：利用計謀盜取寶刀，練成武功，然後嫁禍他人，自己既坐穩了掌門之位，又擁有了獨門武功，重振了峨嵋聲威，想來足以告慰師父在天之靈，然後便可以與張無忌成婚，了卻平生的另一大心願。

現在，周芷若苦心孤詣，籌劃良久，好不容易天隨人願，一切即將大功告成之際。就在這時，趙敏殺將出來橫加破壞，周芷若怎能不心生憤恨，她的九陰白骨爪一抓見血，可見她惱怒異常，張無忌當衆悔婚追隨趙敏而去，她於情面上，於感情上都難以接受這樣殘酷的事實，一刀兩斷的行動宣告大衆充分表現了她的決斷之心。

周芷若從此斬斷了她情感世界最後的一縷溫情，向陰毒、兇險的泥淖中快速地滑落下去。

周芷若爲了權欲而把愛情當作工具，可她的情敵趙敏的所作所爲則正好相反。身爲一位出身豪門的異族女子，趙敏敢愛敢恨，視權力如草芥，爲了愛不顧一切。她的智慧、熱情、率眞、大膽和無所畏懼都與周芷若的沉靜、聰慧、心機深埋、心狠手辣形成了鮮明的對比。

趙敏是蒙古族少女，她的父親汝陽王是當朝權貴，趙敏的蒙古名叫敏敏特穆爾，封號紹敏郡主，趙敏則是她自己起的漢人名字。

趙敏雖生得一副漢人美女模樣，但待人行事，仍是異族少女的大膽直率。本來，張無忌身為漢人，同時又是反抗元軍的明教的教主，可以算作是趙敏族類的敵人。但趙敏屬心於他，也就不顧什麼「立場」。她一面使用計謀關押武林六大門派高手，逼他們屈服朝廷；可另一方面對張無忌又大膽表達感情，送解藥給他的師叔，又幾次與張無忌鬥智鬥勇，分分合合互有愛慕之意。

張無忌與趙敏之間的交往是與周芷若的交往同時進行的。在張無忌心目中，「趙女燦若玫瑰，周女秀似芝蘭」，可在最初的時候，張無忌顧念幼年時舟中餵飯之德，內心偏向周芷若。在萬安寺十三級高塔中，趙敏逼迫周芷若傳授峨嵋劍法，周芷若遵師命不從。趙敏拔劍指向周的臉頰，以毀容相威脅。危急時刻，本欲前來刺探敵情的張無忌不顧一切地現身相救，又在青翼蝠王的威脅之下終於保住了周芷若的美麗容顏，張無忌則答應依照趙敏的吩咐盡心辦好三件事。

這第一件事便是帶她去見識屠龍寶刀。

趙敏既然熱心習武，又熟知中原武林各路各派狀況，加上屬下高手雲集，自然聽說過「武林至尊，寶刀屠龍，號令天下，莫敢不從」的說法，她知道屠龍寶刀在張無忌的義父金毛獅王謝遜手中，於是要求張無忌帶她前往謝遜處一觀寶刀風采。

張無忌是一位言出必行、信守承諾的君子，但他也不曾想到這觀刀一節經歷了許多故事。

先是暗中得知了周芷若繼任掌門峨嵋派中衆多弟子不服，就在爭吵之時，金花婆婆前來尋滅絕師太比劍，當得知滅絕師太已逝，就挾持周芷若前往靈蛇島，想逼她交出倚天劍。

其實，倚天劍此時在趙敏手中。她神機妙算，趕在主人金花婆婆一行人之前到達海邊，預先藏於唯一海船之中，與金花婆婆他們一起駛向了靈蛇島。

靈蛇島上並不安寧。先有丐幫中人前來騷擾已雙目失明的金毛獅王謝遜，後有波斯明教總教的大隊人馬上島捉拿明教聖女黛綺絲，也就是靈蛇島的金花婆婆。危難之時，趙敏挺身而出，手執倚天劍躍入波斯三使陣中與之過招，趙敏知道以自己的武功不足以抵禦強敵，所以連使三個死中求活的慘然招數：崆峒派「人鬼同途」、崑崙派「玉碎崑岡」、武當派「天地同壽」；雖然，趙敏另外又使了計謀讓波斯三使跌入鋼針陣暫解危機，但她自己也小腹受傷，流血不止。

張無忌、謝遜等人見波斯來人氣勢甚凶，只得暫避鋒芒，準備乘船逃走。在船上，謝遜詢問趙敏對敵時所用拼命之招，問她：「你出全力相救無忌，當然很好，可是又何必拼命，又何必拼命？」趙敏遲疑了一下，哽咽道：「他……誰叫他這般情義纏綿的……抱著……抱著殷姑娘。我是不想活了！」

趙敏身為蒙古女子，愛恨表白大膽直率，她當衆說出心事，倒讓張無忌感動不已，張無忌叮囑她：「下次無論如何不可以再這樣了。」款款憐愛溢於言表。

張無忌與義父和四女同乘一舟，但扁舟瀚海，終不是化險為夷之道。他們只得划向靈蛇島。在與波斯來者一番交戰後，小昭代替母親出任總教教主，這才徹底解除了張無忌等人的危難，使他們得以重返靈蛇島。

一番出生入死的惡鬥之後，張無忌等人都十分疲憊，大家上了靈蛇島好好休息了一夜，可第二天起來時，趙敏已經不知去向，剩下的人卻又中了她的「十香軟筋散」奇毒。

這是周芷若居心叵測的嫁禍之計。

心地仁厚的張無忌當然無法識破周芷若的陰謀，謝遜雖然心中明白，但考慮到島上各人都身受奇毒，無力自保，因此也暫時不露聲色，反而撮合張無忌與周芷若訂立婚約，這更讓張無忌堅信趙敏就是盜取倚天劍和屠龍刀，又害死了表妹殷離的兇手。

趙敏蒙受不白之冤百口莫辯，只得與回到中土的張無忌一起去找周芷若和謝遜當面對質。一路之上她與張無忌一樣漢人打扮結伴而行，並對他說：「你心中捨不得我，我甚麼都夠了。管他甚麼元人、漢人，我才不在乎呢。你是漢人，我也是漢人。你是蒙古人，我也就是蒙古人。你心中想的儘是甚麼軍國大事、華夷之分，甚麼興亡盛衰、權勢威名；無忌哥哥，我心中想的，可就只你一個。你是好人也罷，壞蛋也罷，對我都完全一樣。」

這是趙敏情愛觀念的一番表白，不僅熱情坦蕩，而且至眞至純。在她的心目中，沒有種族門派之分，也沒有漢家女子的含蓄矜持，更沒有權勢威名，門第功利的世俗雜念，她是敢做敢爲的，同時也是視愛情高於一切的。在找尋周芷若和謝遜的路上，趙敏爲了張無忌的聲名捨命與武當四俠過招，墜入了深谷之中，受傷不輕。張無忌則掛念義父和周芷若的安全，將趙敏留在客店，自己星夜趕路前往拘押著周芷若的丐幫聚集點盧龍。

張無忌拋下趙敏去解救周芷若，趙敏知道，他仍對自己沒有充分的信任，仍將自己視為是殺害殷離、奪取寶刀的奸邪小人。趙敏料到張無忌一行人必到大都逢上大遊皇城，所以便以彩車眞人妝扮，演繹當初靈蛇島上周芷若的陰謀，周芷若見狀果然神色大變。

但是張無忌受到周芷若溫情的蒙蔽，儘管對靈蛇島上的事有所懷疑，仍始終認定周芷若是受害人之一，決定與她成婚。

趙敏要張無忌允諾的第二件事是不可與周芷若成婚。

結婚之日，趙敏手執一束謝遜的淡黃色頭髮步入禮堂，口稱「不孝不義」，阻止張無忌與周芷若拜堂成親。張無忌牽掛義父的安危，沒有時間向新娘周芷若解釋一句半句，便隨趙敏準備走出大門。此時的周芷若已非昔日可比，只見她頭上紅巾不揭，聽風辨形招招致趙敏於死地。

趙敏身中周芷若的九陰白骨爪，忍痛步出華堂不久便昏倒在地，張無忌見她身中毒爪，深及肩骨，心中詫異周芷若何時練得這陰毒功夫，因為救義父事情緊急，所以容不得細想，便帶著趙敏前往少林寺謝遜關押之地。途中，趙敏遇到了她的兄長與父親的阻攔，趙敏執意跟隨張無忌浪跡天涯，她視富貴如糞土、棄榮華如敝屣，一面匕首抵胸以死相要脅，一面口中表白：「嫁雞隨雞，嫁犬隨犬，是死是活，我都跟定張公子了。」

趙敏跟隨張無忌，一路上躲避著趙敏兄長的追兵，又經歷與少林叛賊劇戰，終於到了少室山下。趙敏與張無忌扮作一對夫妻，暗中打探消息，此時周芷若也到了少林寺旁，她在一個大雨之夜潛入張無忌二人租住的農舍，用九陰白骨爪殺死了假扮農夫的杜氏夫婦，趙敏由於擔心張無忌安全，雨夜中奔出查看才僥倖逃過此劫。

這時的周芷若兇狠陰毒的本性畢現，她在少林比武中連連打敗各派高手，爲了擾亂張無忌在對陣時的心緒，她謊稱已與宋青書結爲夫婦，並讓宋青書代峨嵋派出戰，用陰毒武功打死丐幫兩位長老。趙敏在各派比武交戰之時始終守在張無忌的身旁，爲她出謀劃策。等到救出了謝遜，張無忌在關押謝遜的地牢牆壁上看見義父所繪圖畫，才眞正明白自己一直錯怪趙敏，而將周芷若認爲是良善之人。

周芷若嫁禍趙敏，盜取寶刀真相大白，她的惡毒不但被武林人士所不齒。周芷若憎恨趙敏先識破了她的詭計，後攪亂了她的婚禮，又時時伴隨張無忌左右形影不離。她藉張無忌與鹿鶴二老激戰無暇分身之際，先是將體內寒毒傳到趙敏身上欲置她於死地，後又使出九陰白骨爪直插趙敏的腦門，所幸的是，周芷若內力大損，並沒能取趙敏的性命。

周芷若多行不義，內心忐忑不安，當她發覺殷離的「鬼魂」無時無刻不在跟蹤著自己時，更嚇得心驚膽戰。她自知「冤魂」索命，可能將會不久於人世，便想在「死」前問明張無忌真正的心意。周芷若擒住趙敏，點了穴道，藏身於草叢，然後帶著張無忌邊談話，邊來到草叢邊。事實上，這是周芷若的又一個圈套，她想再次用柔情打動張無忌，騙他說些親熱言語，讓自己的情敵趙敏憤然離去，自己又可重新獲得張無忌的愛情。可是經過這生生死死的磨難，張無忌已擁有了一雙「慧眼」，對於趙敏的一往情深更是不能忘懷，張無忌向周芷若表示，「對趙姑娘，……是銘心刻骨的愛，上天下地，我也非尋著她不可。」

周芷若聞言惱怒異常，她看見趙敏聽到張無忌一番背後吐露的心曲心花怒放，笑意盈盈，又使個計策騙得張無忌不注意時點了他的五處大穴，然後以劍抵胸，準備「一不做，二不休」，與張無忌同歸於盡。

張無忌命懸一線之時，「鬼魂」殷離出現了。事實上，殷離並沒有死去，而是一直暗中跟隨周芷若，找尋她心中的「張郎」。殷離的死而復活讓周芷若的罪行減輕了不少。其實，她設計的「同歸於盡」也是逼殷離現身之計。

殷離現身後又飄然而去，剩下趙敏和周芷若一雙紅顏陪伴在張無忌左右，張無忌辭了教主之位，閒居濠州城外。

此時，趙敏向張無忌提出了第三樁請求：畫眉閨房中。

張無忌欣然同意。正要提筆畫眉，窗外傳來了周芷若的笑聲，只見她笑靨如花的站在窗外，口中雖調笑著當初趙敏阻撓她與張無忌成婚的舊事，但話語間卻充滿著善意的玩笑意味，儼然已將過去的一切仇恨拋到九霄雲外。

從趙、周二人當初的冰火不容，到後來的和睦共處，她們的情感歷程愛情交織，互為映襯，是《倚天屠龍記》中最令人回味的篇章。

情歸

周芷若的一生起伏跌宕，榮辱交織，在這巨大的變故之中，可以說她把握住了自己的情感，也可以說，她遺失在了自己的情感裡。

說她把握住情感，是因爲在她的世界裡雖然有少女初戀的純情，也有傾心相愛的專一，還有爲了愛而採取的自私和排他的行動，但這一切都必須服從於她內心一個終極的目標：當掌門（當然是名符其實、人人敬佩的掌門）、奪秘笈、爭第一（當然是武林第一的名頭）。爲了這權欲和野心，周芷若掩藏了自己的眞情，利用了戀人的愛情，對情敵更是毫不留情。從書中一開始時出現的那個孤苦文弱、楚楚可憐的小女孩，變成了一個武林中人人唾棄的惡魔，她清醒地掌控著自己的生活和情感，讓其中的每一步都在她的既定目標的實現中發揮出最大效益。

可從另一個角度分析，周芷若又是一個迷失在自己情感裡的可憐人。從高塔內臨危受命，到靈蛇島盜寶嫁禍；從婚禮上初露崢嶸，到少林比武兇險畢現，她的人生似乎距善良與美好漸行漸遠，走上了一條通向邪惡的不歸之路。

然而她終是要回歸的。而這回歸是痛苦的。

因爲她的善根猶存。

因爲她情緣未盡。

在周芷若實施她種種陰謀的過程之中，她曾不止一次地向張無忌作過這樣的表白：

「那日我和你初次在漢水之中相逢，得蒙張真人搭救，若是早知日後要受這麼多苦楚，我當時便死在漢水之中，倒也乾淨得多。」

周芷若寧願這樣死亡來逃避她的世俗情感與權欲之間的矛盾。儘管她時常將種種惡行歸咎在於師父臨終前罰下的那個重誓，但這並不能減輕她心中的痛苦。她珍視情感卻破壞情感，心存善根又惡行累累，這種雙重人格的生活讓她自己不堪重負，最終在遇到殷離的「鬼魂」之後全然崩潰了。

更深夜半之時，周芷若懇求少林空聞大師親自主祭，超度殷離的亡魂，鐘磬木魚聲中，張無忌聽見周芷若虔誠禱告：「殷姑娘……你在天之靈好生安息……別來擾我。」」心中感念：「芷若內心深受折磨，所受痛苦，未必比表妹更少。」事實上，正如空聞大師所言：「幽冥之事，實所難言。……出魂不須超度。人死業在，善有善報，惡有惡報。佛家行法，乃在求生人心之所安，超度的乃是活人。」

由此可見，周芷若告慰刀下冤魂，爲的是求得心理的安寧，她戰勝不了自己的欲念，同樣泯滅不了做人的良知。作爲一個人，她渴望權勢和尊榮，身爲一個女人，她渴望獲得美好的愛情。

在《倚天屠龍記》的最後一章，周芷若捉住趙敏，藏於草叢之中，然後又使計策讓張無忌跟隨她一起來到草叢跟前，逼問張無忌四位少女中他到底鍾情於誰。周芷若知道，她自己既殺人，又嫁禍，還對張無忌的義父有過不義之舉，自然不應妄想可能得到張無忌的原諒。但她的內心還是情有所屬，希望能想方設法減輕罪惡，逼走情敵，又以溫存柔弱打動張無忌的心，最終情歸張郎。

然而這一次她失算了。

張無忌可以原諒她謹遵師命的種種不得已、可以體諒她偷練武功欲速不達而導致的誤入歧途，但不會將她再視之爲終生的伴侶，更何況還有一個視金錢與權貴如糞土的趙敏作爲鮮明的反襯。在張無忌看來，周芷若和趙敏都是聰慧和善用計謀的。趙敏機變無雙，但從不將心計用在暗算戀人、出賣情感上；相反，她的政治才能，她的神機妙算還常常幫助張無忌化解難題；周芷若「心計之工，行事之辣」不在趙敏之下，她外表溫柔斯文，骨子裡卻有著爲達目的不惜一切代價的狠勁。一直到書的最後，張無忌也不知在這兩位「紅玫瑰與白玫瑰」之間如何分出高下，但他心中的取捨還是有度的：「我對你（芷若）一向敬重，對殷家表妹心生感激，對小昭是意存憐惜，但對趙姑娘是——卻是銘心刻骨的相愛。」

後來，張無忌帶著趙敏上武當拜望太師父張三豐，又偕同她赴濠州明教義軍營中，而此時周芷若以峨嵋掌門之尊，當然不便聞聽明教軍中秘密，早已悄然離去。她是帶著有情歸不得的遺憾離去的，同時也是帶著舊債已了的安慰離去的。我們可以猜想，她今後的一生，也許就將以處子之身執掌峨嵋一派，而在她的心中，她的所有情感也都有了她嚮往的歸宿——張無忌。

《倚天屠龍記》最後一頁，張無忌辭掉教主之位與趙敏閒居濠州城外。遠離塵俗權勢之爭的煩擾，盡情享受畫眉深閨的閨中之樂。這時周芷若出現在窗外。此時的周芷若，眼見張無忌與趙敏情義甚篤，卻也沒有了以往的妒恨，反而笑吟吟地提起當初拜堂成親受到阻攔的事情。儘管看重承諾，言出必果的張無忌心中擔擾周芷若的要求讓他棘手，但從前面趙敏、周芷若手挽手並肩而行的描述中，讀者或許可以領悟到：

江湖紛爭無盡日，

嫣然一笑泯千仇。

金庸精心編織的這一段「倚天屠龍」的故事至此已成爲了歷史。

周芷若的人生哲學

處世篇

周芷若為人行事懂得權變、下得狠心、洞察事理、善於蒙蔽，雖然多行不義，但不可否認的是，她擁有成就一世功名的才能。

偽

《倚天屠龍記》中，周芷若第一次出現，作者就借武當宗師張三豐之口對她的名字予以了特別的介紹，張眞人說：「船家女孩，取的名字倒好。」芷若，若，即「如……一般」之意，而芷是一種香草，芷若合稱，寓意像香草一樣柔弱美麗，清雅脫俗。周芷若一個絕色美人的容貌再配上如此秀雅的名字，很容易讓人聯想起「香草美人」之喻。戰國著名詩人屈原就曾以香草美人來形容志向高潔，獨醒於世，不願與世俗污濁合流之人。而周芷若嫺靜溫柔、清麗聰慧，從表面上看也可以算作是人如其名。

但那僅僅是從表面上看而已。

周芷若的人如其名，實不如其名就是我們分析她處世方式的第一種象徵——

僞。

僞的意思，是而非，給人以假相和蒙蔽，殆害於不知不察當中。僞的前提是膽大心細、洞明事理；僞的表現是弄假成眞、善於做戲。

周芷若就是如此。

也許有的讀者會說，周芷若是一個非常膽小溫順的女孩，當年滅絕師太在臨終之前先要她罰毒誓，接任掌門後，又授她以天機，周芷若驚懼之下已然昏厥，哪裡稱得上膽大？其實，她那時的表現不過是其天性的一種自然流露，一旦她戴上了峨嵋掌門的玄鐵指環，她所作的一切就不能以「膽小心軟」來指稱了。靈蛇島上，周芷若上島第一晚就偷了趙敏的「十香軟筋散」，然後毒倒衆人，殺害殷離，偷得倚天劍和屠龍刀，又不知用何種手段逼走了趙敏。試想，此時靈蛇島上，每個人的武功都勝於周芷若，她雖也明白出其不意尙可得手，但難保衆人中沒有一個警覺之人？再者，她與張無忌、謝遜在島上生活數月，每天偷偷練習《九陰眞經》武功，就沒有被張無忌等人發現的可能？而她連連得手，問題的關鍵在於她善於僞裝，善於藉自己柔弱的外表來痲痹別人。

如果說周芷若在靈蛇島上是爲了一個明確的目標而勇往直前，從而變得無所畏懼；那麼在少室山下，她雨夜闖入農舍殺死何氏夫婦則憑藉的是藝高人膽大，情恨妒意深。

少室山下，張無忌和趙敏投宿的一間農舍雖表面上看是務農人家，實際上兩位男女主人是與金毛獅王謝遜有殺子之仇的杜百當，易三娘夫婦，他們自愛子逝去後潛心練武，還將耳朵刺聾避免受到謝遜「獅吼」之害，夫婦二人四隻手十二柄短刀舞得出神入化。可他們未等到給兒子報仇，就先死在了周芷若的九陰白骨爪之下。

一個夜黑雨疾的晚上，張無忌上山察看拘押義父謝遜的地點，在黑暗中與看守地牢的少林三大高僧交手，趙敏聽到張無忌的呼嘯之聲，冒著大雨奔出去迎接，等他們回到住所，卻發現杜氏夫婦早已死於非命，來人武功高強，不但將他們手中的短刀一一打飛，而且每人都是前胸、後背肋骨斷成數截。張無忌與之交手，知道來人就是周芷若，她意在殺死趙敏，結果並未得手，反而殃及他人。

周芷若爲了心中的權貴欲念不惜殺人嫁禍，心狠似鐵，再加之練成獨門陰功，更是有恃無恐、膽大異常。不但如此，她還有著女性特有的心細如髮、明察秋毫的特性。早在周芷若跟隨滅絕師太西去討伐明教途中，她的細心就得到了師父的誇獎。其時，峨嵋眾弟子伏擊俘獲了明教傳信的四名弟子。滅絕師太本想盤問他們得些消息，只見他們四人仰天慘笑，突然間一齊撲倒在地，氣絕身亡。峨嵋派大弟子之一的靜虛見他們服毒自盡，說一句：「搜身！」，便讓四名男弟子分別向屍體衣袋中搜查。

此時站在一旁的周芷若提醒道：「眾位師兄小心，提防袋中藏有毒物。」四名男弟子改用兵刃挑動衣袋，果然看見每人的衣袋中都藏有劇毒小蛇兩條，一旦被咬，登時斃命。

滅絕師太見狀對大弟子頗爲不滿，說：「靜虛年紀不小了，處事這等草率，還不及芷若細心。」言下之意，褒獎了周芷若的處事細心謹慎。

周芷若膽大心細卻善於僞裝，常常讓對手於不知不覺中就中了她的圈套。上當最多的就是張無忌。

靈蛇島上，周芷若盜寶、殺人、嫁禍，可她在張無忌眼中，還是一個「溫柔斯文，端莊賢淑」的「賢妻」。他依周芷若的意願發下誓言：一是無論她作錯甚麼事絕不會殺她；二是日後必手誅趙敏，為殷表妹報仇。

張無忌把周芷若當成「賢內助」，並認定她能幫他「提防奸滑小人」、「少上很多當」，殊不知他這一生中最大的一個騙局就已經設定了，而設局的周芷若還一臉的「忠厚賢慧」，她說：「我是個最不中用的女子，懦弱無能，人又生得蠢。別說和絕頂聰明的趙姑娘天差地遠，便是小昭，她這等深刻的心機，我又怎及得上萬一？你的周姑娘是個老老實實的笨丫頭，難道到今天你還不知道嗎？」

就在這「老老實實」的偽裝之下，周芷若開始偷偷練習《九陰眞經》。在此之前，周芷若曾裝作漫不經心地向武林前輩謝遜打聽《九陰眞經》的情況，得知經中功夫太過艱難，練成後又所向無敵，因此她捨棄了按部就班，扎實功底的練功方式，而取其速成之法，最終練成陰毒兇險的九陰白骨爪。

周芷若與張無忌、謝遜回到中原後，她考慮到了自己的陰謀只可能有兩個知情者：一是謝遜；二是趙敏。於是，她一面假意與謝遜同行，趁張無忌不在之時點了謝遜的穴道，使他落入仇敵成崑之手；一面又加緊對張無忌的情感攻勢，逼他實踐諾言，殺了趙敏，與己成婚。

此時張無忌已與趙敏見過面，對她是兇手的判斷也產生了疑惑，加上義父謝遜失蹤的蹊蹺，他便向周芷若道出了心中的想法。張無忌心地善良，周芷若善於偽裝，因此，張無忌甚至開始懷疑殷離是義父所殺，周芷若裝模作樣沉吟半響，似乎是幫助張無忌分析這段無頭公案，實際上她正將問題的矛頭一步步指向趙敏。她冷冷地向張無忌說道：「你是千方百計，在想替趙姑娘開脫。」又使出激將之法責備他：「你在那小島上立了重誓，定當殺此妖女，為殷姑娘報仇。可是你一見她面，登時便將誓言忘得乾乾淨淨了。」

然而張無忌並沒有在激將之下堅定誅殺趙敏的決心。在接下來的大都皇城巡遊當中，趙敏派人在彩車中演繹周芷若的島上陰謀，周芷若心中不安，為了讓張無忌儘早兌現對自己的承諾，她又自導自演了一齣「懸梁自盡」的戲碼。

這齣戲的一個重要輔助者就是明教中人韓林兒。周芷若見韓林兒忠厚老實，對自己心儀不已，就在一天晚上假意到他房中敘話。只見她雙目紅腫，神色淒然，未曾開口又轉身離去。韓林兒見周芷若這般心事重重，欲言又止的樣子，當然心中就十分留意周芷若房中的舉動。不久，他聽到嘩啦的聲響，似乎是椅子倒在地上的聲音，韓林兒立即起身察看，只見周芷若房中一個懸空黑影微微晃動。

周芷若在房中懸梁自盡！韓林兒這一驚非同小可。他撞開門閂，搶進房去，用力扯斷了繩子，將周芷若放在了床上。探知她尚未氣絕，口中大叫：「周姑娘，周姑娘，你……你有甚麼想不開，幹嘛……」

緊跟著張無忌也回到了房中，見周芷若自盡未遂，心中又是慚愧，又是愛憐，想到若非韓林兒及時發現，自己可能因此而抱恨終生，心中更是不忍，他發誓詛咒，說絕不負心薄倖，當即允諾不日成婚。

周芷若原本是跟蹤張無忌，見他在小酒店中與趙敏不期而遇，以爲二人早已約好的，所以當下出暗器打滅了桌上的燭火，又回到客店之中上演了這齣苦肉計。她知道張無忌爲人面慈心軟，見她上吊後頸中紅腫的繩印一定心中大不忍。然而她可不願爲此冒險喪了性命，於是故意找到韓林兒作幫手。張無忌回來後果然歉疚萬分，周芷若先是一番哭訴，又伸手打了張無忌兩個耳光，接著自歎命苦，把所有的錯處都歸咎到趙敏一個人身上，直到張無忌答應了婚約，她這才破涕為笑。

周芷若一番苦心策劃，不過是想拉張無忌回心轉意，放棄對趙敏的情感，轉而傾心於她一人。周芷若明白，張無忌對趙敏情有獨鍾，但他又是一個極講信義之人，只要讓張無忌與自己完成了婚禮大典，就等於給他套上了一副道德的枷鎖，讓他在不斷的自責和自我約束中完成對自己情感的回歸。

但周芷若的一切努力都在張無忌的當衆悔婚中付諸流水。

婚禮之上，趙敏不請自來，而且還口口聲聲勸張無忌不要與周芷若成婚。周芷若多年辛辛苦苦籌劃的一切毀於一旦，她的僞裝也變成了多餘，於是周芷若華堂之上亮出了早已練成的九陰白骨爪，又展示出非凡輕功飄然而去。衆位武林豪傑都感到周芷若的變化匪夷所思，而這陰毒和深藏不露，正是周芷若「僞」的重要體現。

有讀者將婚變視作周芷若人生重大改變的根源，實際上，她在此之前早已心懷叵測，只不過善於僞裝並未暴露，而這僞裝，又比她日後以兇惡面目示人更具殺傷力。

奸

如果用奸字來形容周芷若，也許有一些讀者感到難於接受，一來她清秀脫俗，絲毫沒有人們印象中奸臣賊子的低俗猥瑣模樣；二來她年輕貌美，與人們常常使用的老奸巨滑一詞相差甚遠。

這樣一位美麗、嬌弱的妙齡女郎可以用奸滑一詞來形容嗎？

事實上，周芷若有過之無不及。

奸者，狡黠之意。周芷若的奸，首先表現在野心勃勃而善於藏其鋒芒上。

周芷若的野心和權欲是她一生悲劇的根源，同時也是她無法擺脫的「劣根性」。初入峨嵋門下，周芷若不過是一個十歲左右的女孩，剛剛經歷了少年喪父的巨大變故，她對於自己有個安身立命的處所已經感到十分滿足了，哪裡還有甚麼承繼掌門，號令爲人的奢求。

然而是峨嵋派這塊充滿了相互傾軋、明爭暗鬥的「沃土」，滋長了周芷若心中的權欲和野心。

周芷若的師父，峨嵋派第三代掌門人滅絕師太就是一個野心勃勃的人。當時武林之中，略有江湖閱歷的人都聽說過「武林至尊，寶刀屠龍，號令天下，莫敢不從，倚天不出，誰與爭鋒」這句話，既然屠龍刀不知其蹤，滅絕師太手中的倚天劍就是天下第一利刃。每每比武沙場，倚天劍削鐵如泥，所向無敵，加上滅絕師太武功造詣高深，行事既滅且絕，使得峨嵋派在衆多男性執掌天下的江湖之上獨具風騷，位列武林六大門派之中。可滅絕師太並不滿足，她在臨終前傳位周芷若時曾表示：「爲師的生平有兩大願望：第一是逐走韃子，光復漢家山河；第二是峨嵋派武功領袖群倫，蓋過少林、武當，成爲中原武林中的第一門派。」

滅絕師太爲了她心中的這個野心不但自己竭精竭慮，而且還十分注重發掘本派青年才俊，準備培養後繼掌門。

滅絕師太看重的第一位候選人是紀曉芙。她天份頗高，劍法狠辣，性格剛毅，最具乃師風範。無奈紀曉芙受明教光明左使楊逍誘姦，生下了私生女楊不悔，又不肯聽從師命誘殺楊逍，最終被滅絕師太一掌劈死在蝴蝶谷中。

滅絕師太看重的第二位候選人就是周芷若。雖然她入道較晚，但天資奇高，習武練劍進步神速，滅絕師太認爲，周芷若技不如人只是暫時現象，他日一旦獲得良機，假以時日必定武功超群。

但峨嵋衆多女弟子如何能服這位小師妹的氣？滅絕師太大弟子中有靜玄、靜虛等靜字輩十二女尼，再往下貝錦儀、丁敏君等投身峨嵋也已年深日久，她們之中不乏尖酸刻薄，妒心奇重之人。只要師父滅絕師太流露出對某人的青睞，其他女弟子中就不免有眼紅妒嫉之人的冷語相加，暗中使壞，定讓她難堪而後快。

周芷若初入師門時本沒有繼任掌門之尊的野心，但滅絕師太在人前人後的誇讚和有意無意地表態讓她心動了。她一面暗自加緊練功習武，一面時時注意討得師父歡心，更重要的是，周芷若懂得她如果想順利繼任掌門，就得處處小心，藏起鋒芒，以弱制強，讓各位妒火中燒的師姐放鬆對自己的警惕，從而使自己在較爲寬鬆的環境中生存和發展。

《倚天屠龍記》中，周芷若第二次出場時就體現出了她在處理同門師姐之命與江湖恩怨之憂時的技巧。面對丁敏君的出招比武命令，周芷若沒有像當年紀曉芙對待明教彭和尚那樣旗幟鮮明地拒絕，而是一面對丁敏君呈現尊敬之色，躬身道：「小妹聽由師姐吩咐，不敢有違。」並請「師姐給小妹掠陣照應」，一面對對手殷離說：「小妹無禮，想請教姐姐的高招。」她句句話都把自己擺在服從、弱小的地位之上，既滿足了丁敏君的虛榮心，又向對手表明了自己不得已爲之的狀況，兩廂都不得罪，自己說幾句自貶之話又有何妨？

周芷若、殷離對陣之時，兩個人的武功修爲雖都未到火候，但也是以快打快，招數巧妙。本來以周芷若的實力是不輸於殷離之下的，但戰到二十個回合她突然賣個關子，彷佛身受重傷搖搖欲倒，藉機扶著丁敏君的手退出比武。她假意落敗，倒也沒騙過與之交戰的殷離，殷離一句：「小小年紀，心計卻如此厲害。」爲我們在其後瞭解周芷若的爲人處世，埋下了一個意味深長的伏筆。

周芷若之奸還表現在她機敏過人又善於利用時機。

奸詐狡猾雖不是什麼好聽的褒獎之辭，但也不是每個人都受用得起。因爲奸的前提和必備條件是擁有較高的才智、心計縝密、機智過人等。

在《倚天屠龍記》中，張無忌身邊共有四位女性，這四位中除了張無忌的表妹殷離一腔癡情，心無旁鶩之外，其他三位，小昭，趙敏和周芷若都是天資聰慧，心計巧算的青年女性。她們雖身有武功，但智慧謀略遠在武功之上。小昭奉母命隱性埋名潛入明教光明頂探訪乾坤大挪移心法，幾年時間不露行藏，關鍵時刻還表現出了排兵布陣的軍事才能。相比於小昭，周芷若和趙敏似乎更具備成爲領袖的良好素質。趙敏手下高手雲集，卻也能協調好他們之間的關係爲己所用，至於後來的挑撥離間，也是爲維護張無忌的利益不得已而爲之；而周芷若升任掌門後治理門派事務井然有序，峨嵋男、女弟子對她心悅誠服，唯首是瞻。

周芷若和趙敏同樣足智多謀，但她們對自己聰明才智的利用方式與目的卻各不相同，如果說趙敏在前面書中出場部分，綠柳莊毒倒明教群雄、萬安寺高塔中偷學各式武功時尚表現出一些「奸邪」，那麼在此之後，她隨著自己情感的有所歸依而將自己的聰明才智都放在了爲情郎張無忌成就大事業之上；周芷若則是心計巧算，利用一切時機一步步接近自己心中的既定目標。

這個目標得自於滅絕師太的遺命。

同樣也得自於她的內心。

周芷若深知，成大事者，天、地、人三方面的因素缺一不可。

「天即天機」，周芷若被金花婆婆挾持到靈蛇島上，島上關押著金毛獅王謝遜，屠龍寶刀正在他的手中；與他們同船前往小島的趙敏手中則握有倚天寶劍，武林之中多少人窮其一生而不得一見的寶物就在周芷若目之所及之處，如此天機豈容錯過？

「地即地利」，靈蛇島地處南海深處，島上林木蔥蘢，沒有大型野獸，各類植物果實豐富，是一個利於生存和修煉的地方。況且，靈蛇島獨立於海洋之中，一般外人很少能接近此地，在島上實施奪寶陰謀實際上就是避開了江湖眾多強敵，將危險降到了最低的程度。

「人即對手」的情形，在靈蛇島上，周芷若奪寶的障礙共有四人，張無忌武功雖高但心計有限，加上他對周芷若有情有義，是可以蒙蔽和利用的角色；謝遜身爲武林前輩，武功高深莫測，但早已雙目失明，只要行事詭秘，尙可欺瞞一時；殷離對於張無忌愛戀已久，現在又身負重傷，雖不構成什麼威脅，但如果留其性命，往後的日常照料必定是周芷若責無旁貸，天長日久，難免不會發覺她偷練武功之事；最麻煩的是蒙古郡主趙敏，她機智聰慧，心計絕不在周之下，如留她在島上，萬事休矣，所以必須逼走。爲什麼是逼走而不是殺掉？因爲島上只有寥寥數人，寶刀丟失，傷者喪命，當然得有一個替罪之人，否則大家的注意力都集中在「誰是兇手」之上，她周芷若何以逃生？基於上述所有這些考慮，周芷若抓住了良機，創造了條件，並利用了一切可以利用的人和事，成就了她一生的「輝煌」事功。

周芷若的奸還表現在她意志堅定、爲達目的不擇手段上。

周芷若自從在萬安寺高塔中領受了師父滅絕師太的遺命，就把執掌峨嵋和奪取天下武功第一的榮耀作爲了自己一生的使命。爲了做好這兩點，她將自己的兒女情長不但全然包藏起來，而且還利用了張無忌對自己的信任，讓所愛的人作了她陰謀的犧牲品。

其實，爲了達到自己的目標，她可以犧牲的不但有自己的情感和相互的信任，還包括有自己的名譽。比武少林寺，張無忌與周芷若自婚禮一別後第一次相見，張無忌深感自己的舉動雖出於無奈，但畢竟傷害了周芷若的感情，於是又是憐惜、又是慚愧，當下上前長揖置地，說：「周姊姊，張無忌請罪來了。」周芷若面色平靜地萬福回禮，伸手招來宋青書，讓他說出了兩人已經成婚之事，周芷若又道：「我們成親之時，並沒有大撒帖子，驚動旁人。這杯喜酒，日後還該補請閣下。」

此言大出張無忌意料之外，他霎那之間感到如五雷轟頂一般，眼中茫茫，耳中擾擾，心緒紊亂，半天不能自持。而此時周芷若則言語冷冷，喜怒不形於色，她心中暗自高興，張無忌的呆怔模樣正是她所希望看到的，這樣一來可以報自己當日堂上受辱之仇；二來可以擾亂他的心緒，讓他無心比武，不攻自敗。

武林中人，最講名節，峨嵋一幫女流之輩能立足於武林六派之列，一個很重要的原因就是戒規嚴禁、懲罰無情。周芷若當面說出自己的婚事，自然是在場之人無不信服，然而事實卻並非如此。比武當晚周芷若得勝回營，峨嵋眾女俠詢問她「宋夫人」三個字的由來，周芷若森然命令：「大夥兒都來瞧瞧！」只見她左臂上守宮砂殷紅如昔，可見一直守身如玉。何以拿婚姻當兒戲？周芷若說：「我自稱宋夫人，乃一時權宜之計。只是要氣氣張無忌那小子，叫他心神不定，比武時便能乘機勝他。這小子武功卓絕，我確是及不上他。爲了本派的聲名，我自己的名聲何足哉？」

周芷若言之鑿鑿，衆女俠無不心下黯然。爲了本派的名譽自毀身家清白，如此氣度，誰人可比？周芷若一面以婚姻之事擾亂張無忌的心事伺機取勝；另一方面使出更爲陰毒奸險的一手，再度嫁禍趙敏，企圖假江湖衆人之手剷除情敵。

靈蛇島上，周芷若嫁禍趙敏，結果張無忌並沒有上當將趙敏誅殺，而是經過一番生死考驗相信了趙敏的清白，並在尋找義父謝遜的途中發現了宋青書弒叔犯上的罪惡行徑。比武之時，宋青書依周芷若之命爲峨嵋出戰，他自感無顏見武當衆俠，就在臉上粘了許多短鬚作僞裝，周芷若面對武當衆人的懷疑一下子點出宋青書的眞實身分，還命手下擊發霹靂雷火彈暗器，阻止武當二俠俞蓮舟說出事實眞相。

張無忌一廂情願地認定周芷若今日的絕情都因自己的悔婚而起，於是走上前去想在峨嵋與武當之間作個調停，不料周芷若卻一聲冷笑道：「張教主，我先前還道你是個好漢子，只不過行事糊塗而已，不料是個卑鄙小人。大丈夫一人作事一人當，你害死了莫七俠，何以卻將罪名推在外子頭上？」

張無忌做夢也想不到周芷若會當著江湖眾豪傑之面如此血口噴人，正要為自己辯解，周芷若又使出了她的殺手鐧：「害死武當莫七俠之事，全是朝廷汝陽郡主從中設計安排，你何不叫她出來，跟天下英雄對質。」張無忌知道，趙敏當年在萬安寺用「十香軟筋散」毒倒武林六大門派眾人，又為偷學武功斬下不少好漢的手指，她一露面，不等周芷若出手，其他各派也會置之於死地。因此，張無忌只得忍氣吞聲回到本教之中，顧不得身後峨嵋女弟子嘲笑侮辱之聲不絕於耳。

周芷若此計，進可借他人之手殺掉情敵，退可嫁禍張無忌讓宋青書為峨嵋出力，進退相宜，兩全之策，妙處無人可及。但讀者們不能忘記，她的這一切都是在出賣自己的感情和良知之後的惡毒奸計。

狠

有這樣一句話：「量小非君子，無毒不丈夫」。到了《倚天屠龍記》中，這

「丈夫」一詞有了新的意義，那就是女中丈夫，形容像周芷若這樣為成就功名與利欲而不惜一切手段、不吝一切代價的女人，可謂並不為過。

周芷若行事心狠而手辣，讓許多真正七尺男兒也自歎不如。

書中的「七尺男兒」張無忌第一次見識周芷若的狠心是在從靈蛇島回到中土之時。趙敏派蒙古戰船在海中搜尋，好不容易才發現了張無忌等人的下落，可船剛一靠岸，周芷若和謝遜二人就大開殺戒，不但將一船蒙古官兵誅殺殆盡，而且還放火燒船，直到船沉屍毀，他們一行三人才踏上回歸之路。

張無忌見義父謝遜行事狠辣，心中覺得不忍，只好以「己不傷人，人便傷己」來安慰自己。此時他們所處之地是關外遼東，森林之中時常有採參客出沒，第二天，張無忌等人遇到了七、八個採參客，便上前向他們打探情況，分手後，周芷若說：「義父，是否須得將他們殺了滅口？」張無忌沒有想到周芷若一介女流，心腸也如此狠毒，他大聲喝道：「芷若你說甚麼？這些採參客人又不知咱們是誰。難道咱們此後一路上見一個便殺一個嗎？」

張無忌一生之中，對周芷若疾言厲色地說話也就這一回，周芷若頓時窘得滿臉通紅，不敢言語。其實，周芷若的滿臉通紅只不過是一些僞裝，她早先在靈蛇島上的所作所爲已經是狠辣無比。如果說盜寶、殺人、嫁禍都是一些「無毒不丈夫」的舉動，那麼周芷若在殷離臉上劃下的那十七、八道劍痕卻不免顯出了女性的妒意；如果說她暗中練成陰毒武功是爲了在武林男性世界裡爭得一席之地，那麼她雨夜在少室山下追殺趙敏並傷及無辜則純屬對情敵斬盡殺絕的妒恨。

婚禮之上，周芷若眼見新郎張無忌即將離去，忍不住使出了自己隱瞞已久的狠毒武功——九陰白骨爪。她五指插下，趙敏當即摔倒在地，肩頭五個傷孔血如泉湧，不一會兒便染紅了半邊衣裳，待到張無忌察看時，五個指孔深及肩骨，傷口旁的肌肉呈紫黑顏色，顯然是中了劇毒，張無忌見趙敏中毒漸深，只得用嘴將她肩頭的毒血吸出，毒血吐在地上還散發腥臭之氣，令人作嘔。

張無忌由此知道了周芷若練成了一門陰毒的武功，可事實上，周芷若從倚天劍和屠龍刀裡取出的《九陰眞經》博大精深，乃武林中的正道功夫。如果循序漸進，依法修煉，得一、二十年才可成功，如果一味貪求速成，那就只能學得一些皮毛，害人害己。在少林比武時，張無忌和趙敏等人就已經看出，有一位神秘的黃衫女郎慧眼識破了周芷若的獨門武功，而且與她使出的招數同出一轍，神秘女子修為甚高，一招一式純正無邪，飄忽靈動，變幻莫測，周芷若幾招速成功夫顯然不能與之匹敵。周芷若的師父滅絕師太在臨終之前曾告誡她：「妳辦成了大事之後，仍須按部就班的重紮根基，那速成的功夫只能用於一時，卻不是天下無敵的眞正武學。這一節務須牢記在心。」可周芷若並沒有僅尊恩師的教誨，更重要的，是她這時已是權欲熏心，為實現其目的不惜一切代價，沒有時間，也沒有耐心悉心體會《九陰眞經》中所授武功的高妙之處，只是揀最厲害的招數學了，以便日後行走於江湖。

看來，並非《九陰眞經》所授功夫不正，而是周芷若心術不正；並非「九陰白骨爪」陰毒，而是周芷若的心腸陰毒。

比武少林是周芷若心狠手辣，鋤敵務盡的總曝光。

少室山上，衆多武林高手接到圓眞，也就是成崑「屠獅大會」的帖子於端陽節來到少林寺，他們中有一部分曾經與謝遜結怨，而更多的則是為了他手中的那把屠龍寶刀。誰是「武林至尊」？誰就擁有獲得寶刀，處置謝遜的權利？衆位武林高手商議以比武會友的方式決出勝負。爲了比武的公平、公開，大家還推舉了十餘人作爲比武的公證人。

就在比武場上各派互商互量，氣氛融洽之時，峨嵋派中的一位老尼姑發了話：「不用推舉什麼公證人了？壓根兒便用不著。……二人相鬥，活的是贏，死的便輸。閻王爺就是公證人。」群豪聽罷此言，都不禁感到其中冷冷的殺機。有一位嗜好飲酒的歐陽千鍾出面講了幾句「出家人慈悲爲懷」、「比武會友」、「又無深仇大恨，何必動手便判生死」的話一講完，便被這位師太連發三枚念珠，將他的胸前炸開大洞，頓時氣絕身亡。

群雄見峨嵋派弟子使出如此歹毒暗器傷人都不免驚詫莫名，明教光明左使楊逍識得這暗器名爲「霹靂雷火彈」，是西域發明的一種內藏火藥，用強力彈簧機關發射的暗器。武林中一位名叫夏冑的深爲歐陽千鍾不平，他抱著歐陽千鍾燒焦的屍體走到峨嵋派弟子面前，嚴厲斥責峨嵋雖號稱俠義有道的名門正派，卻使出如此狠毒暗器傷人，並凜然指出：「似你這等濫殺無辜，你掌門人竟然縱容不管。嘿嘿，峨嵋派今後還想在江湖上立足嗎？」

他的一番話把問題的矛頭指向了身為峨嵋派掌門的周芷若，他的一句「峨嵋掌門若不清理門戶，峨嵋派自此將為天下英雄所不齒」擲地有聲，使得比武場上群雄和峨嵋派弟子數千道目光一齊集中在了周芷若身上。

面對門下的濫殺無辜，周芷若非但沒有半句指責，反而向靜迦，也就是剛才殺人的兇手緩緩點了點頭，只見又兩枚霹靂雷火彈從靜迦手中射出，在夏胄的胸口和小腹各炸了一個洞，衣衫著火，斃命當場。

周芷若身為掌門，縱惡不義，實在是出於群雄的意料，大家先是被峨嵋派連殺兩位無辜俠士的行為震驚，接著群起攻之，齊聲責罵峨嵋派的不是。

衆人的指責並沒有讓周芷若感到絲毫的不安和愧疚。她指使宋青書出場掠陣，又發暗器偷襲武當派俞二俠。宋青書身為武當弟子反逆武當，用周芷若教給他的九陰白骨爪接連殺死了丐幫兩位長老，最後在武當俞二俠「雙風貫耳」一招之下頭骨斷裂，性命不保。

接下來的是周芷若與張無忌的一番苦鬥。張無忌在此眼見周芷若的心狠手辣，心中雖不免難過，加之他把周芷若的性情大變歸咎於自己的悔婚，心地善良的他不免手下留情，可是周芷若卻一點不念舊日情份，反而利用他的仁厚乘隙而進，致使張無忌受欺中計，口吐鮮血仰面即倒。

周芷若比武得勝，按照先前的約定，金毛獅王謝遜就交由她處置。張無忌心中擔憂義父的生死，不顧白天比武時周芷若對他的使計利用，於夜晚到峨嵋派木棚之中，一面爲宋青書診治；一面向周芷若求情。在張無忌的心目中，義父的生死在於自己能否與周芷若聯手共破少林三僧的長鞭之陣，而自己的顏面屈辱與此比較起來實不值一提，於是，張無忌跪倒在周芷若面前，向她連叩四個頭，哀求道：「盼你再賜一次恩德。張無忌有生之年，不敢忘了高義。」

張無忌的苦苦哀求並不能打動周芷若的心，她像石像般一動不動，心中早已打定主意，必須置謝遜於死地。第二天，張無忌爲救義父與少林三僧苦鬥，周芷若乘機墜入繩圈中，不等謝遜揭穿她陰謀的話出口，便一伸手點了他的啞穴，假意藉此譴責謝遜的罪行滔天，右手的九陰白骨爪已經做好架勢，準備往謝遜的天靈蓋上抓下去。

又是那位黃衫女子出手解圍。

本來，周芷若的殺人嫁禍實際上只有謝遜一人為見證者，可謝遜在被關押於少林寺地牢期間每天聽高僧們誦經講法，已經幡然醒悟，決意遠離塵世，皈依佛門。少林寺山崗之上，謝遜當著武林群雄的面自廢蓋世武功，又出面為周芷若求情，使她免死於黃衫女子的九陰白骨爪之下，還直立衆仇家面前，罵不還口，打不還手，唾沫啐到臉上也安然承受。武林諸俠見他雙目失明，武功盡失，卻也不忍下手取其性命，只是將謝遜辱罵一番，出了胸中的積怨黯然離去。

武林中與謝遜有殺父、殺夫、殺兄之仇的人尚且如此，群雄紛紛議論，大約以後沒有人再為難謝遜了吧！就在這時，周芷若指使峨嵋弟子靜照假意報殺夫之仇，將棗核鋼釘夾於唾沫之中，準備乘人不備取了謝遜的性命。周芷若以怨報德，殺人滅口計策十分歹毒，但也被黃衫女子所識破。她面對勁敵無可奈何，只好帶領衆弟子離去了。

周芷若殺謝遜不得，而此時謝遜也遠離江湖塵囂，不再成為她的心腹之患。於是，周芷若將她攻擊的目標鎖定在趙敏身上。在與鹿杖客和鶴筆翁的對陣中，周芷若身中玄冥神掌暈了過去，趙敏本是好心相助，可周芷若自己性命堪憂還不放過趙敏，將她體內的寒毒源源不斷地傳到趙敏體內，使得趙敏全身寒顫不已，幾欲凍僵。

鹿杖客識破了周芷若的陰謀，他說：「這周姑娘心好狠，她正在將體內寒毒傳到郡主娘娘身上。郡主娘娘快要死了！」當下與張無忌訂立合約，兩邊罷戰，讓張無忌專心以九陽神功破解玄冥寒毒。

張無忌的九陽眞氣渾厚無比，一會兒功夫，趙敏已經轉危爲安。正當他收回內力，專心再與玄冥二老對陣之時，周芷若伸出五指，揮手向趙敏的頭上捶落下去——顯然，這是她準備一招奪命的九陰白骨爪，只不過此刻她的九陰眞氣已在張無忌九陽眞氣的交攻下大大受損，其內力不足以致趙敏於死地。

縱觀周芷若一生在成就其一番功業的過程中，爲了創造條件，掃除障礙，可謂苦心孤詣。她有朝著既定目標奮鬥的執著，也有著一般人，特別是一般女性所缺乏的決絕意志。本來，爲了一定的目標執著奮鬥並不爲過，但如果爲此而要放棄做人的良知，行兇作惡，殆害無辜，那便是要遭萬人唾棄的不義小人。周芷若因權欲熏心蒙蔽了心智，作出了許多衆武林俠士所不齒的惡行，我們在替她惋惜的同時也不禁感歎，或許，正是她的這點「狠毒」，才造就了「這一個」峨嵋新掌門。

無毒不丈夫。

是耶？非耶？

周芷若的人生哲學

人生觀篇

人生觀，是一個人對待生命中一切價值、一切行為的判斷與觀念。在《倚天屠龍記》中，周芷若的人生觀決定了她在為人處世方面的種種所作所為，她的柔弱剛烈、眞情僞善、奸詐狠毒，都源自她對人生五個方面問題的態度。這五個方面是：貧寒與榮華、命運與權欲、獲得與失去、怯懦與剛強、罪惡與良知。

貧寒與榮華

周芷若出身在一個貧寒之家。

透過對本書前面內容的瞭解和對金庸《倚天屠龍記》的閱讀我們可以得知，周芷若出生在一個貧民的家庭。她的父親是漢水上的一名船夫，她的母親雖然是一位世家小姐，但城破家毀，逃難而出，自己都是迫不得已下嫁給船夫，想必也沒有多少資財供一家人過上比較富裕的生活。後來，周芷若的母親去逝，她便和父親在一條渡船上相依為命。

舟子生涯，飄泊不定。周芷若跟隨父親在風口浪尖上討生活，眼中所見或許有家財萬貫的富商巨賈，也有普通的販夫走卒；或許有風流儒雅的書香子弟，也有錦衣華服的官宦之屬；周芷若雖身為舟子之女，地位卑微，但這並不妨礙擁有來日富貴，盡享人間榮華的美麗幻想，而此時的周芷若已有十歲左右的年紀，正是一個女孩子開始做夢的年齡。

唐代詩人白居易在描述楊貴妃一生命運的長詩《長恨歌》裡曾寫過：「天生麗質難自棄，一朝選在君王側。」在古代，女性的社會地位低下，女性美麗的容貌可能就是她們改變一生生活境遇最有利的條件之一。此時的周芷若雖只是船家之女，但破舊的衣衫遮掩不了她秀麗的容貌，貧寒的現狀也阻擋不了她對美好生活的嚮往。一個普通的青春少女本來就有較強烈的愛美之心，更何況她還可能擁有過上嚮往中美好生活的有利條件——天生麗質難自棄。

或許人們所渴望的和已擁有的往往成反比吧！周芷若童年時代不能得到的，也就是她在以後生活中所孜孜以求的。

我們不妨設想，如果周芷若的父親沒有被元軍射殺，如果她陪伴著她的父親長成一位妙齡少女，也許她會像那個時代所有的普通女孩子一樣，透過父母之命、媒妁之言找到一位郎君，因爲她姿容秀麗可能會得到不少年輕人的青睞，因爲講求門當戶對或許就嫁到一個家境頗爲富足的平民之家，從此相夫教子，過著平凡而且平靜的生活。

然而漢水邊的一番激戰改變了周芷若的一生。

漢水之上，明教義士常遇春爲躲避元軍追殺，帶著幼主上了周芷若父女二人的小船，可元軍射殺了周芷若的父親，常遇春竭力保護的幼主也死於亂箭之下，幸虧武當掌門張三豐出手相助，常遇春才帶著周芷若脫離了危險。看到張無忌重病在身，常遇春主動提出帶他去蝴蝶谷找「蝶谷醫仙」胡青牛診治，而周芷若則由張三豐引領，投到峨嵋派滅絕師太門下爲徒。

光陰荏苒，一晃周芷若在峨嵋派中練功習武已有七年多了。她由一位貧家小女孩長成了妙齡少女，性情溫順善良，容貌清麗脫俗。由於她天資聰穎，武功長進神速，十分受到滅絕師太的青睞。然而，峨嵋門下女尼甚多，出家人生活簡樸，不事奢華，周芷若生活在這樣的環境之中，雖愛美之心猶存，但鑒於教規戒律，對人世間的榮華富貴可謂漸離漸遠，少年時代的一些幻想都已經成爲了彷彿隔世的記憶。

可趙敏的出現讓她回到了紛亂的現實生活中來。

趙敏是蒙古郡主，當朝權貴的掌上明珠。她從小就深得父親和兄長的寵愛，錦衣玉食，僕從如雲，長大後容貌秀美的她被稱作是蒙古、乃至天下第一美女。趙敏不但容貌美麗，而且聰慧伶俐，更兼學習各派高手武功，可謂文武全才。趙敏和張無忌可謂不打不相識，幾番交鋒之後，她改變了對張無忌的敵對態度，轉而大膽地向他表示自己的愛慕之情。

趙敏與周芷若第一次交鋒是在大都萬安寺的高塔之內。其時，趙敏指揮手下想逼周芷若使出峨嵋劍法，自己從中學習，但周芷若嚴守滅絕師太的命令不肯洩露一招半式。趙敏氣憤，便用倚天劍抵住周芷若的臉頰，以毀容相威脅。在窗外刺探敵情的張無忌見情勢危急，便破窗而入，用趙敏所贈金盒作暗器打偏劍鋒，同時用手護住周芷若。

趙敏見自己贈與張無忌的黃金小盒被鋒利的倚天劍一剖爲二，張無忌自己對他與周芷若的關係又語焉不詳，心中充滿了幽怨；而此時心思細膩的周芷若也發現了趙敏與張無忌之間的隱情。對於趙敏來說，她惱恨張無忌與周芷若青梅竹馬之交，危難時刻捨得挺身相救；而對於周芷若來講，她自知武功平平，才貌均在趙敏之下，更何況趙敏呼風喚雨，自己如何能及之萬一？

後來，周芷若臨危受命成爲了峨嵋派的掌門人，然後又在金花婆婆的挾持下前去靈蛇島，她暗中使計殺了殷離，嫁禍趙敏，盜得倚天劍和屠龍刀，並偷偷在島上練習《九陰眞經》裡所授的功夫。

周芷若在靈蛇島上對張無忌不斷以言語相逼，使他認定趙敏就是殺害表妹殷離的兇手，日後相見必親手誅殺以慰冤魂。事實上，周芷若的嫁禍於人除了她盜寶練功的陰謀動機之外，還有一個除掉情敵而後快的惡毒之心。

可張無忌面對襟懷坦蕩的趙敏，對自己以前的主觀臆斷產生了懷疑。接下來，在元大都一年一度的「大遊皇城」中，趙敏派人透過彩車巡遊的方式巧妙地向張無忌揭示了周芷若的陰謀。

大遊皇城是元朝大都的盛典。巡遊當日，各蒙古王公大臣盛妝經過街頭，跟隨皇上一起去慶壽寺供香，行進隊伍中除了燃放煙花炮仗，各府紮制彩車寶馬更是千奇鬥豔，流光溢彩。巡遊當天，張無忌、周芷若和明教義士韓林兒一同到街頭看熱鬧，當周芷若看到趙敏專爲張無忌演繹自己的陰謀而紮制的彩車時，纖手冰冷，渾身顫抖；接著，他們又看見了端坐在彩樓中的趙敏。只見她身穿貂裘，頸垂珠鏈，巧笑嫣然，美目流盼，說不盡的富貴高雅，光彩照人。

周芷若雖然心中滿懷妒意，但仍向著彩樓中嚴妝打扮的趙敏凝望良久，然後歎了口氣，說：「回去罷！」她這一聲輕歎裡，有「人同命不同」的感慨，而更多的是，對自己今生尙無緣享受如此尊榮的一些惆悵。人靠衣裝，佛靠金裝，同樣的妙齡少女，同樣的天生麗質，但如果沒有必要修飾，那必然是高下立判。況且在周芷若眼裡，她羡慕的不只是華麗的外表，還有尊貴的地位與一呼百應所帶來的虛榮心的滿足。

或許，在成爲了明教教主夫人後會得到這些？

在張無忌、韓林兒、周芷若，再加上於遊行觀看人叢中巧遇的明教彭瑩玉和尙擠出人群後，四人談起了日後驅虜復國的大事。周芷若歎道：「要知道等咱們大事一成，坐在這彩樓龍椅之中的，便是你張教主了。」韓林兒一向敬慕周芷若，連與她說上一、兩句話，都當成是自己的福份，此時更是拍手道：「那時候啊！教主做了皇帝，周姑娘作了皇后娘娘，楊左使和彭大師便是左右丞相，那才叫好呢！」周芷若聽了這話心中不勝之喜，雖然雙頰暈紅，含羞低頭，但眉眼間充滿了笑意。

可張無忌打斷了韓林兒的話，表示自己將功成身退，絕不貪戀榮華富貴。周芷若聽張無忌說得決絕，心中感到不快，臉上也微微變了顏色，雖然她眼望窗外，不再言語，但心中還是期待著他同張無忌黃袍加身，自己夫貴妻榮的景象。

張無忌雖無意於榮華富貴，但他明教教主的身分還是令人敬佩，並足以號令天下明教眾人。在濠州，周芷若就跟隨張無忌享受了一回萬人擁戴的禮遇。

次日，張無忌與周芷若、韓林兒一行三人南下山東。在濠州，韓林兒的父親韓山童率明教眾將領出城三十里迎接，城內羅鼓喧天，眾人簇擁著張無忌等進入城中，周芷若騎在馬上跟隨張無忌，左顧右盼，儼然一副教主夫人的模樣，她的心中有說不出的得意：雖然此時的風光不及趙敏遊皇城時那般輝煌，但畢竟是前呼後擁，萬人矚目，也頗足慰平生吧！

與周芷若的孜孜以求比較起來，蒙古郡主趙敏對眼前的尊貴與奢華生活毫不在意。身爲王府千金，她本可養尊處優衣食無虞，但爲了追隨自己的愛情，她情願吃冷飯，宿山洞，甚至冒著生命危險挽救張無忌的清譽，她曾經感歎「倘若我不是蒙古人，又不是甚麼郡主，只不過是像周姑娘那樣，是個平民家的漢人姑娘，那你或許會對我好些。」到後來，趙敏爲了與漢人張無忌結爲伴侶，最終毅然放棄了自己的郡主之尊。如此襟懷，與周芷若的名利之心比較起來，更顯出了她對愛情的忠貞與執著。

也許，沒有得到的，才是最好的。對於周芷若來說，她出身貧家，長於山中，人世間的榮華富貴一直是她心目中可望而不可及的夢幻。當她擁有了一個可能，可能將夢寐以求的場景變爲現實，那便會給自己充足的理由不言放棄。因此我們說，或許在貧寒與富貴這兩種反差巨大的生活形態之間存在著一種可怕的張力，愈是出身貧寒、愈是嚮往富貴、愈是爲達目的不擇手段。

這個法則適用於周芷若，但並不可以囊括所有的人。

張無忌就是例子。

張無忌可稱作是名門之後。當年，他的母親殷素素拿出二千兩黃金作爲鏢金要求送俞岱巖俞三俠回武當的時候，周芷若的父親渡客一天，恐怕也掙不到一兩銀子（在殷素素付鏢金十年後，漢水船夫收張三豐三兩銀子就感到「給了這麼多銀子」了，這其中還包含有船上四人的飯食）。等到十年後張翠山夫婦帶張無忌從北極冰火島重返武當，殷素素的父親，明教白毛鷹王殷天正送給女婿和外孫的，更是珍玩無數。雖然父母都出身名門，但張無忌卻沒有享受過榮華富貴的日子，即使如此，他也從不貪慕榮華。武林修煉，最講究的是內修德、外修功，只有內外結合，相輔相承，才能淡泊心態，潛心武學，最終大成。當韓林兒恭維張無忌他日必將黃袍加身時，張無忌連連搖手，說：「本教只圖拯救天下百姓於水火之中，功成身退，不貪富貴，那才是光明磊落的大丈夫。」

從張無忌的「富貴不移」反觀周芷若的言行和心態，我們發現，她之所以手中握有《九陰眞經》這樣的武功絕學秘笈，最終卻只練得下乘武功，甚至陷入邪惡、陰毒的歧途，關鍵所在就是她心志不純、欲念叢生。對幸福、美好生活的追求本無可厚非，但我們必須將它與貪慕榮華的行爲與心態區分開來，因爲前者實現的一個先決條件就是符合社會道德規範下的行爲；而後者，充滿了爲達到某一目的而可能萌動的險惡之心。

也許有讀者會說，對於趙敏來說，她雖然最終放棄了榮華富貴，但她畢竟享受過了那樣的生活；可對於周芷若來說，她本身擁有的就是平凡的生活，她連可以放棄的東西都不存在，是不是對榮華的渴求也就可以原諒？實際上，趙敏的放棄是需要勇氣的，周芷若的堅守同樣需要勇氣，這勇氣，是面對自己內心某些觀念的鬥爭，正因爲這鬥爭的物件就是自己，從某種意義上說，比拒絕外在的誘惑更可以考驗一個人的心志。

周芷若是此一考驗的失敗者。

面對貧寒與榮華的考驗，我們相信，失敗者絕不僅僅是周芷若一個人。

命運與權欲

如果將人的一生比作一張問卷，那麼，人的出身就是第一道已經給出了答案的例題。出身是不可以選擇的，但其後的每一項選擇都是必答題，並且是一道道單項選擇。或許最初的幾題，人們都需要在別人的幫助下完成，但隨著時間的推移，這個決斷的權利就交到了每個人自己手中。人生有許多「如果」，可每一次、每一時期，人只能選擇「如果」中的一個，成千上百的「如果」疊加起來，就是每個人的今天或明天，而如果把它們線性地排列出來，我們就會勾劃出一個人一生的生活軌跡，我們把它稱之爲——命運。

周芷若的命運就是在這一個個「如果」中曲折演繹著：

1.如果周芷若的父親，那位漢水中的船夫沒有搭載明教義士常遇春，那麼周芷若也許永遠置身於武林之外。

2.如果周芷若的父親搭載常遇春，但沒有被元軍射殺，那麼周芷若也不會成爲孤女，讓常遇春覺得對她負有責任。

3.如果周芷若等人遇險，而張三豐和張無忌沒有正巧經過，周芷若就不會對張無忌有餵飯之德，並被張三豐帶回武當。

4.如果周芷若被張三豐帶回武當，而不是轉介峨嵋門下，周芷若日後也就無緣成爲峨嵋掌門。

5.如果周芷若天資平平，那麼即使習武峨嵋，也不會引起滅絕師太的特別關注，並意欲傳位於她。

像這樣的「如果……那麼」，我們還可以不斷排列、演繹下去，可粗可細、可詳可略，而我們所關心的，則是改變周芷若命運的那三個「如果」。

「如果」一：授命

如果滅絕師太臨終前沒有將掌門之位傳給周芷若，那麼她就不可能知曉武林中的巨大秘密，也就不可能實施那麼多的陰謀，而只為達到自己的目的。

周芷若是峨嵋派弟子。峨嵋派由郭靖和黃蓉之女郭襄開創，後經風陵師太光大，傳到滅絕師太手中已是第三代了。峨嵋派擁有鎮派寶劍倚天劍，它削鐵如泥，銳利無比，使這寶劍之人的滅絕師太為人狠辣，寶劍出鞘，見血而歸，加之滅絕師太峨嵋劍法出神入化，因此峨嵋派在當時武林也可稱得上是聲名顯赫，列位六大門派之一。後來，中原武林六大門派相約前往西域崑崙剿滅明教，受到張無忌和明教眾人的拼死抵抗，無功而返。歸途中，六大門派高手中了蒙古郡主及其屬下奸計，被囚禁於大都萬安寺高塔之中。趙敏一方面勸他們降服朝廷；另一方面勒令他們比武，以便自己從各派中學得所長。

滅絕師太性格剛毅倔強，以上兩樣圖謀在她那裡都碰了壁。滅絕師太被朝廷俘獲，求生不能，唯有求死不受其辱。她絕食數日，去意已決，自然就將掌門人繼位之事視作當務之急。

其實，在滅絕師太心中，這掌門的繼位者早已有了人選，這個人就是周芷若。在她看來，這位小弟子雖然入門時間不長，武藝在眾弟子中也未見出類拔萃；但天份高、進步快，只要練功得法，假以時日，未來發展不可限量。

雖然在平時，周芷若也常常得到師父的讚許，也曾經聽到師父將傳位於己的種種言語，但她入峨嵋派時間不長，學藝不精，上面師姊衆多，武功又遠遠在自己之上，所以，此時的周芷若只是將掌門之位作爲自己的夢想，一個不太現實的夢想罷了。

可冥冥之中，命運之神借滅絕師太之手撥弄了她生命的琴弦。

我們可以用「一驚、二亂、三奇」來形容周芷若臨危受命的心情。

一驚

一驚，驚的是她被叫到師父跟前，未明緣由就罰下了重誓，詛咒死去的父母、詛咒眼前的恩師、詛咒未出世的兒女。句句詛咒的矛頭都針對著與周芷若有少年之交，現在又情意暗投的明教教主張無忌。

周芷若以貧家孤女的身分投到峨嵋門下，而這七、八年來，滅絕師太既是嚴師、又是再生父母，周芷若對她從無半點違逆之心。現在師父命她罰下如此毒辣誓言，周芷若雖然覺得心中委屈，但也還是照辦了。

二亂

二亂，亂的是罰過重誓後，滅絕師太忽然取下象徵掌門之尊的玄鐵指環，戴在周芷若的左手食指之上，並鄭重地將峨嵋派第四代掌門人的位置傳給了她。

周芷若見滅絕師太表情嚴肅，言語之中儼然囑咐後事的神態，心中又是恐懼，又是慌亂，只是抱著滅絕師太的雙腿哭泣，口中還喃喃地道：「弟子做不來，弟子不能……」

滅絕師太見周芷若如此茫然失措的模樣，禁不住厲聲斷喝：「你不聽我言，便是欺師滅祖之人。」接著，滅絕師太向周芷若解釋了她這樣選擇的原因，其中有一句話非常關鍵，它影響了周芷若的後面人生。

這句話是：「只因峨嵋派以女流為主，掌門人必須武功卓絕，始能自立於武林群雄之間。」

三奇

三奇，奇的是周芷若繼位掌門後，從滅絕師太口中得知了倚天屠龍的秘密，以及「武林至尊，寶刀屠龍，號令天下，莫敢不從，倚天不出，誰與爭鋒」這句在江湖上廣泛流傳著的話語的眞正涵義。

這是一樁峨嵋派掌門口耳相傳，代代承繼的秘密，也是峨嵋派可以藉此稱雄武林的重要法寶。滅絕師太明白，自己雖知曉秘密，但無從獲得屠龍寶刀亦是徒勞；只有周芷若可以利用美色誘惑張無忌，伺機獲取兩樣寶刀，最終取出秘笈。滅絕師太不但告知了周芷若這件秘密，而且還向她指出了成功之路，彼時情景，勢成騎虎，周芷若不得不從。

從萬安寺高塔中安然而出的周芷若已經不是先前那個柔弱溫順的妙齡女郎了。她手上戴著掌門的指環，心中裝著武林的秘密，肩上擔著大門派的責任。不能說周芷若沒有做過出人頭地的夢，但她被選為掌門，純粹是命運的安排。只不過，她不但服從了命運，而且被這一命運啓動了冬眠在心中的權勢欲望，從此開始了不平常的人生。

「如果」二：悔婚

如果張無忌沒有在結婚禮堂上當著衆多賓客的面丟下周芷若獨自離去，也許周芷若會做一個武功超群的掌門兼溫柔體貼的妻子，而不是縱惡不義的陰毒女人。

周芷若當上峨嵋掌門不久，命運就賜與了她一個千載難逢的良機，讓她在靈蛇島上一睹屠龍刀的眞面目，並經過一番與波斯來使的混戰，讓重返靈蛇島的人減低到了六個（其中一個是舵工）。

命運給了周芷若天賜良機，可如何利用這一良機還得靠她自己。周芷若深諳「無毒不丈夫」這句話的所指。她下得狠心，使得計謀，更重要的是，在她心中，始終將遵從師父遺命作爲自己追逐權勢的理由。後來，少林寺前一位名叫夏胄的俠士說得好：「滅絕師太當年，縱然心狠手辣，劍底卻也不誅無罪之人。」而周芷若權欲熏心，慾令智昏，爲了達到練成絕世武功，穩坐掌門之位置的目的，她誅殺無辜少女殷離，還嫁禍趙敏。心機之深沉，行事之老辣，一點也不像一位年輕女孩所應爲。

但周芷若還有一點是屬於年輕女孩之心的。那就是她對於情感的難於割捨。

她天眞地幻想著獲得既不違師命、又遂自己心願，與張無忌結爲佳偶的兩全齊美的結局。於是，靈蛇島上，她半推半就答應了「父母之命」（金毛獅王謝遜是張無忌的義父），又多次逼張無忌立下誓言，永遠原諒自己的一切「錯處」，回到大陸後，她甚至自導自演了一場「懸梁自盡」的苦肉戲，這一切都是爲了敦促張無忌快下決心，將婚姻的承諾變成婚姻的現實。

周芷若當然記得在師父面前罰過的毒誓，但她以爲，只要她獲得秘笈，練成武功，光大峨嵋，師父在天之靈也不會降罪，自己仍可以與張無忌再續前緣。與書中其他女孩子爲了愛情甘願放棄一切的癡情不同，周芷若即使是在與戀人憧憬未來的溫柔時刻，也沒有忘記掌門之責。當張無忌表示，驅走了韃子，他願辭去教主之位與周芷若一起「隱居山林，共享清福，再也不理這塵世之事了。」周芷若卻說：「你年紀尚輕，目下才幹不足，難道不會學嗎？再說，我是峨嵋一派掌門，肩頭擔子甚重，師父將這掌門人的鐵指環授我之時，命我務必光大本門，就算你能隱居山林，我卻沒那福氣呢。」

言下之意，周芷若不但自己不會因愛情放棄掌門之位，而且還勸張無忌守住明教教主之位，到那時，教主掌門，戶對門當，何等風光！

古語說，道不同，不相爲謀。此時張無忌雖尚未明瞭周芷若所作所爲，但僅憑她以上言語，我們就可以判定，周芷若並不是張無忌的理想伴侶。我們不妨把這一情節看作是《倚天屠龍記》結局的一個鋪墊，在張無忌身邊的四位女孩：小昭走了；殷離「死」了；趙敏放棄親情、富貴陪伴著他；至於周芷若，她是不能陪伴張無忌「享清福」的了，她「嫁」給了峨嵋派。——當然，這是我們分析的後話。彼時的周芷若，還是想方設法地要與張無忌共結連理。

而她差一點就成功了。

如果沒有趙敏的干預的話。

婚禮之上，趙敏拿著金毛獅王謝遜的一縷頭髮對張無忌說：「你若與她成婚，才眞是不孝不義。大都遊皇城之時，難道你沒見到你義父如何遭人暗算？」張無忌見事關義父生死，也顧不得婚禮之事，快步跟趙敏向門外走去。

新郎當衆悔婚，這對新娘來說可謂奇恥大辱。

其時，周芷若早已從《九陰眞經》中學得九陰白骨爪的功夫，她的輕功也非往昔可比。只不過爲了不引起張無忌的注意和武林其他高手的懷疑，周芷若才苦心隱瞞，只盼婚禮既成，木已成舟，以武林之人的重承諾和張無忌的仁厚心腸，或許可以原諒自己以前所犯下的惡行！現在趙敏半路殺出，對她的所作所爲似乎已經查明，周芷若本想乘其不備用九陰白骨爪取其性命，可在張無忌和范遙的保護下又沒能得逞。一旦趙敏將實情和盤托出，自己與張無忌的婚姻之盟也就煙消雲散，以往的遮遮掩掩還有什麼意義？

周芷若華堂之上毀傷情敵，又用手捻碎珍珠以明其志，然後撕裂紅裙飄然離去，這一切與其說是做給在場的各位賓客看，不如說是做給她自己看。從此，那個對美好的事物與情感還心存留戀的周芷若已經消失了，而存留在世上的，是爲峨嵋掌門之位而活著的周掌門。

這是周芷若命運中一個讓她無力左右的巨大逆轉，一切惡的阻力都變成了惡的助力，讓周芷若向著罪惡的深淵快速地滑落下去。

如果三：比武

如果沒有少林比武，就沒有了周芷若惡行的大曝光，也就沒有了她作惡之後的悔恨與回歸。

周芷若拋棄了對婚姻的幻想，轉而將全副精力都投入到練功習武和執掌峨嵋的事上。很快，她便顯示出了較強的政治才幹，峨嵋派在她的領導下門庭整肅，聲威大震。比武少林之時，峨嵋派百餘弟子列隊而入，彬彬儒雅井然有序，更讓人稱讚的是，他們將所有兵刃盛於木盒之中，武林群雄明白：「峨嵋派甚是知禮，兵刃不露，那是敬重少林派之意了。」

峨嵋派初見時彬彬有禮，可比武場上卻殺機最甚。在掌門周芷若的示意下，峨嵋弟子發狠毒暗器霹靂雷火彈，先後奪去兩位主持公道的武林好漢的性命。接著，武當敗類宋青書又用陰毒的九陰白骨爪連殺丐幫兩位長老，周芷若更是一手執鞭，一手執刃，剛柔並進，變化莫測，讓在場武林各路高手都自歎弗如。

周芷若一番苦鬥，爲峨嵋派贏得了武功天下第一的名頭，同時也由於她面對門下邪惡暗器傷人，非但不清理門戶，反而縱容弟子繼續爲非作歹，惹來武林一片罵聲。

此時的周芷若心狠手辣，心堅如鐵，她以爲自己武功蓋世，縱有非議，又能奈她何？殊不知，公道自在人心，周芷若漠然面對武林罵名，可她無法面對自己的良心。命運會讓她爲自己的惡行付出代價，這代價就是被「冤魂」纏身，終日不得安寧。

這「冤魂」實際上是死而復生的殷離。

周芷若上少室山容易，下山卻難。先是她隱藏在宋青書擔架中的斷裂的倚天劍與屠龍刀被發現，玄冥二老追殺她索要秘笈；接著殷離的「冤魂」日日出現，弄得她精神恐懼，幾近崩潰。這裡，殷離與其說是一個死而復生的女子，不如把它看成是命運對周芷若縱惡不義的警示與懲戒。周芷若就是透過對殷離「冤魂」的超度反省了自身的陰狠毒辣行徑，然後萌生了重新向善之心。空聞大師說得好：「人死業在，善有善報，惡有惡報。」只有摒棄一切爲達目的而不擇手段的雜念，才能獲得內心的平靜。

殷離沒有死去，謝遜皈依佛門，秘笈交到了張無忌手中，並用於驅除韃子，恢復漢家山河的大業，而趙敏也獲得了張無忌的愛。周芷若爲了爭奪秘笈而陰謀陷害的人都已有了各自的歸宿，看來周芷若似乎可以得到張無忌的原諒，並與他重續情緣了？

可她無法放棄手中的權柄。

此時的周芷若身負峨嵋掌門重任，早已懂得如何把持住自己的兒女情長。了卻了心中的宿願後，她帶領峨嵋弟子悄然離去，等到再次出現在張無忌與趙敏的閨房窗外，周芷若已經仿佛是他們的一個朋友般心胸坦然了。

周芷若獲得了權力，失去了愛情，而前者才是她的最愛。

所以，命運待她也還公平。

獲得與失去

人的一生會面臨許多選擇，同樣也會面臨許多誘惑。這些誘惑包括金錢的、權力的、感官的，也包括心理的、精神的。面對誘惑的選擇，可以看出一個人的本心，一個人對人生價值與意義的理解。

那麼，從周芷若的人生選擇中，我們又發現了什麼？

周芷若關於人生「獲得與失去」的選擇發生在她接掌峨嵋門派，被金花婆婆挾持到靈蛇島上之後。如果說此前周芷若不過是一個柔弱溫順的峨嵋弟子，那此後她就是一個心狠手辣的峨嵋掌門，在靈蛇島上的數月光陰對於她的一生來說也許不算太長，但她在這期間發生的變化卻可稱作天翻地覆。

在《倚天屠龍記》中，金庸是以一個敍述者的角度描繪了靈蛇島上的種種變化，讓人感覺作者的潛在視角似乎是與張無忌的眼睛保持著一致。現在，我們將視角重合到周芷若身上，在她的眼裡，靈蛇島上蘊含了什麼？

兩個字：時機。

萬安寺高塔中，周芷若在滅絕師太的嚴令下，罰重誓、鐵指環、知天機等這一切，都在她驚奇、恐懼、茫然的狀態下進行。接下來滅絕師太圓寂，周芷若出示手上的玄鐵指環，聲言自己就是師父臨終時所交待的第四代掌門人。

峨嵋衆弟子一片譁然。以丁敏君爲首的一幫中年女尼和女弟子最是不服，正在衆人議論紛紛之際，金花婆婆前來找滅絕師太比武，聽說滅絕師太已逝，便要求與繼任掌門一見。

周芷若上前施禮，金花婆婆只一招就將她致命大穴掌握在手中，然後森然道：「周姑娘，你這掌門人委實稀鬆平常。難道尊師竟將峨嵋派掌門的重托，交了給你這麼一個嬌滴滴的小姑娘嗎？我瞧你呀！多半是胡吹大氣。」

後來，周芷若雖據理力爭，她的剛烈也頗得金花婆婆的欣賞，但我們可以想見，金花婆婆這幾句話正是觸到了周芷若的痛處：她戴上指環，可沒有卓絕武功，何以服衆？要學卓絕武功，就必先得到倚天屠龍中的武學秘笈。可如今倚天劍落入蒙古郡主趙敏之手，屠龍刀更是江湖好漢目光的焦點所在，倚天屠龍都未見蹤跡，武學秘笈從何而來？

然而上天待周芷若不薄，她被金花婆婆挾持著來到了自己的機遇面前。

靈蛇島上，衆人與波斯來使一番激戰，金花婆婆現出紫衫龍王的眞實身分，小昭也爲救衆人與母親一起遠離中國，殷離受重傷，趙敏也受輕傷，餘下的謝遜雙目失明，張無忌又戒心全無，更重要的是，武林中人嚮往已久的倚天劍和屠龍刀就在島上。

得到寶刀，就得到秘笈；

得到了秘笈，就可以練成卓絕武功；

練成了武功，就可以穩固掌門之位；

擁有了掌門之尊，當然就有資格與各派武林高手比武論劍；

打敗各路英豪，天下武功之冠的美名將屬於自己；

……

此時此刻，周芷若腦中盤踞的，是一個又一個「獲得」的欲念。上天給了她一個時機，她就想盡一切辦法利用這一時機為自己爭取利益。

可她的獲得是在損毀他人，甚至是掠奪他人生命的狀況下達到的。她獲得了權力與尊榮，卻為此拋棄了「取之有道」的良善之心。——不能把周芷若說成是人性本惡的標本，因為她當年在漢水小舟上精心服侍張無忌之時，就已經流露出了溫柔善良的天性。事實上，在每個人的心中都存在著善與惡兩種因數，面對誘惑的選擇，就是他內心善與惡孰更占上風的外化。周芷若之所以棄善從惡，就因爲在她的心中，權勢欲望壓倒了一切。

武林之道，最講求「俠義」二字，面對他人危難拔刀相助，面對自己的危難捨生取義。正氣與良知，這是武林中存留於人心的公理，不然，何以周芷若身爲峨嵋掌門縱弟子作惡，就引來群雄唾棄？何以金毛獅王謝遜挺身受辱，便有太虛子斷劍爲報？

如果要周芷若殺身成仁，以她外柔內剛的性格也完全可能，當年金花婆婆挾制住她的致命大穴，周芷若也是一派大義凜然：「我落在你手中，你要殺便殺，若想脅迫我做甚不應爲之事，那是休想。……周芷若雖是年輕弱女，既受重任，自知艱巨，早就將生死置之度外。」或許，死是容易的，難的是活著並抵禦著誘惑。

如果我們相信人世間還有公道，如果還相信人心存良知，我們就該明白，一切惡行的終極懲罰就在於拷問人的內心。從周芷若後來的懺悔中、從她失聲的尖叫裡我們聽到了一個失去了內心平靜與安寧的人所可能承受的巨大壓力，周芷若在獲得了倚天屠龍寶刀，習得絕世武功時，她就已經失去了內心的平衡，這失衡的痛苦折磨著她，撕咬著她，儘管有許多讀者同情周芷若婚禮上的尷尬境遇，把她的邪惡歸咎於張無忌的悔婚，可仔細琢磨什麼是因？什麼是果？周芷若自己的所作所爲導致了張無忌面對衆多賓客棄她而去。周芷若已經得到的一些她夢寐以求的東西，在婚禮之上她就必然因此而失去另一些她同樣夢寐以求的東西。那些失去的，我們想，除了她與張無忌結成夫婦的美好結局，還有她身爲武林大派掌門的尊嚴，而後者，又是她耿耿於懷，來日必報的奇恥大辱。

於是，周芷若爲了重新獲得她的尊嚴和威望而繼續作惡，繼續葬送著自己的良知。

這是一個惡的迴圈，始於惡也將終於惡，直到有一天，周芷若聽到來自內心的召喚，重新思考「獲得和失去」之間的奧妙。

或許，人生之事，在於懂得取捨；

取捨之道，在於明白「捨得」二字的深意；

捨得，捨即是得，不捨即是不得。

比起追求某些目標來說，放棄也許是更艱難的選擇，爲了心中的善而放棄某些既得的利益，尤其難。

情愛與事業

曾經有人在比較世上男人與女人差異的時候總結了這樣一句話：

情愛是女人生活的重心，事業是男人生活的重心。

儘管隨著時代的發展和社會的進步，越來越多的女性擁有了自己的事業，在情愛觀念上也日益獨立，但仍有相當數量的人，包括女性自身認同著上述的判斷。

今人如此，古人甚之。

在《倚天屠龍記》所描繪故事的時代，女性社會地位低下，既沒有經濟上的獨立，更沒有對自己情感歸屬的自主權。在那樣一個十足的男權社會裡，男人三妻四妾被視爲平常，而女人一旦失貞便彷彿墜入萬劫不復的地獄。

小說中，張無忌的舅舅殷野王因爲寵愛妾侍，冷落髮妻，引起了親生女兒殷離的憤恨，最終殺死小妾，背叛家門；當朝權貴汝陽王，也就是趙敏的父親，對千嬌百媚的韓姬也是寵幸有加，致使趙敏的母親頗有怨言。至於鹿杖客的好色、歐陽牧之的風流，在武林群豪之間僅僅成爲笑談，但絕對無損於他們的名望。

女性則沒有這樣的幸運。峨嵋派女弟子紀曉芙，因被明教光明左使楊逍擄去誘姦，繼而又生下一女，被同門丁敏君視作把柄捏在手中，峨嵋掌門滅絕師太對此也惱怒異常；明教紫衫龍王黛綺絲本是波斯明教總教的聖處女之一，因追求自己的愛情幸福不得不長期隱性埋名，甚至掩蓋容顏，最終仍舊逃不過被追捕捉拿的命運。

小說的主人公張無忌，在靈蛇島遇險乘船逃難之時，還在頭腦中做著四美同歸的好夢。他「在白天從來不敢轉的念頭，在睡夢中忽然都成爲事實，只覺得四個姑娘人人都好，自己卻捨不得與他們分離。」張無忌的好夢不是空穴來風，而是完全符合當時的社會道德與風俗習慣的，書中的小昭那種微薄的愛情願望，也可以看作是那個時代許多鍾情於所愛之人的女性之共有心理。

另外，讓人覺得深具意味的是《倚天屠龍記》中還存在著一個「母債女還」的故事模式。如果說「父債子還」，寫的無非是物質（比如金錢、財務）上的虧欠，或者是找回個人的尊嚴，血洗前人之恥（比如韓千葉之父與明教教主陽頂天的約定）；那麼，女兒替母親還的卻是情債，或者是為情緣而生的債。《倚天屠龍記》中寫到兩位為母還債的女性：一位是紀曉芙之女楊不悔；另一位是黛綺絲之女小昭。前者，紀曉芙本與武當六俠殷梨亭訂有婚約，但因受明教光明左使楊逍的誘姦而生下女兒，自然無法再嫁給殷梨亭。十數年後，紀曉芙的女兒楊不悔長成美貌少女，形容身段與其母無異，以致六大門派圍攻明教之時，殷梨亭將她錯認作紀曉芙重生。楊不悔嫁給了殷六俠，除了妙齡少女對武林俠士的仰慕與敬佩，或多或少也包含有一些為母還願的心理情結。至於小昭，她則是在完全被迫的情形下，為了拯救衆人，特別是心愛之人張無忌的生命而代替母親出任波斯明教聖處女教主，她臨行前的一番話可謂道出了普天之下癡情女子的心聲，這句話最簡單的表達就是：「但求長相守，富貴如浮雲」。

在張無忌身邊的四位女性：小昭、殷離、趙敏、周芷若，前面三位追求愛情的方式雖各有不同，或溫存似水、或如癡如醉、或率眞執著，但她們都將愛情視作自己的生命，爲了追求愛情可以放棄一切物質的享受、權勢的誘惑和世間的榮華。

只有周芷若是一個例外。

說周芷若從未動過眞情，或者說她不忠實於自己的愛情都是不客觀的。在《倚天屠龍記》中，周芷若自始至終都只愛著張無忌一人，她所謂「銘心刻骨的愛」並非誇大其辭，可周芷若與其他女性的不同之處在於，愛情不是她生活的重心，她的注意力集中在如何成爲一名好的武林大派掌門之上。

如果我們把周芷若與張無忌之間的恩恩怨怨看作是她生命中的情愛，那執掌峨嵋門派就是她珍視的事業。這事業才是周芷若生活的重心。——從這個意義來說，周芷若對待「事業與情愛」的態度更像一位男性，而不是一位纖纖弱女。

也許是人在江湖，身不由己吧！周芷若在一個男性主宰著的武林之中要想讓女性占大多數的峨嵋派發揚光大，那就只好遵循男權社會的一切遊戲規則和一切思維、行爲方式。這是周芷若雖無奈但堅定的選擇。然而周芷若畢竟一介女流，更何況還具有柔弱、溫順的天性。面對愛情，她欲握不能，欲棄不忍，她明知自己的一切陰謀詭計都是一枚枚埋藏在她與張無忌情愛之路上的「霹靂雷火彈」，一旦爆炸，兩敗俱傷，她離自己事業的目標越近，就離自己渴望的情愛越遠。但她周芷若，別無選擇。

周芷若不是一個純粹的「男人」（我們指的是以男人的思維方式對待一切事物），因爲她不能像男人那樣超脫。武林之中，有哪位英雄好漢手上沒有沾染過敵手的鮮血，又有幾人會因爲自己行事老辣，毀傷情敵而懺悔？男人們常說的一句話是「朋友如手足，女人如衣服」，女人只是男人生命中的一些點綴，必要的時候，他們爲了事業，甚至爲了朋友拋棄女人的事屢見不鮮，正所謂「大丈夫何患無妻？」可周芷若不行。面對張無忌，她手中鋒利無比的倚天劍會偏離致命部位，她練成的一招奪命的九陰白骨爪也無法插入情人的胸膛。

周芷若也不是一個純粹的「女人」，因爲她有著一般女人所不具備的權欲與野心，還有著女人中少見的惡毒與心機。她不但不會爲了愛而拋棄唾手可得的權勢，而且還會利用愛情服務於自己的野心。所以，作爲女人，她永遠享受不到愛情帶給一位少女的純眞美好的體驗，無論是小昭式的愛慕、殷離式的癡迷、還是趙敏式的不顧一切。

可以說，從周芷若戴上峨嵋掌門玄鐵指環的那一刻起，她就開始徘徊在「情愛與事業」的兩難選擇面前，開始的時候躲閃回避，患得患失；接下來因悔婚而惱怒變得無所顧忌；後來經內省開始檢討既往言行，最終收藏起情愛，投身於光大峨嵋一派的大業之中。——寫到這裡，我們不禁對《倚天屠龍記》後面收尾部分的倉促與粗略提出一點小小的非難，以作者金庸的深厚筆力，周芷若雖出場較晚，但經過一番刻劃已擁有了自己獨特的個性與行爲方式，在書的收尾部分，書中人物周芷若會依照自己的性格發展下去。我們相信她的回歸是必然的，但大約不應該如此突兀。殷離是死而復生了，可冤死在周芷若手下的，何止殷離一人？金毛獅王謝遜的幡然醒悟尚且需要少林高僧一連數月講經誦道，靜心領悟，她周芷若何以只雙膝跪倒，一句懺悔便「立地成佛」？

《倚天屠龍記》中，楊逍、范遙二人見趙敏、周芷若攜手而來，心中疑惑她們的前後言行判若二人，並把這一奇景看作是教主張無忌「能者無所不能」，因爲「乾坤大挪移」的功夫不但可以取勝沙場，而且可以在情場凱旋。可事實上，張無忌對待自己的愛情是一個既沒有主見，又缺乏果斷的人，正如金庸自己在〈後記〉中所寫的那樣：

「在他內心深處，到底愛哪一個姑娘更加多些？恐怕連他自己也不知道，當然，作者也不知道。」

既然他自己都是在環境的影響和支配下爲人行事，又怎樣左右決斷果敢，擁有政治謀略與手腕的周芷若的言行？

周芷若關於「情愛與事業」的思考只能由她自己得出結論，而作出這一判斷的過程作者匆匆帶過，總讓人感到有些言猶未盡。

周芷若的人生哲學

評語

在如此詳盡地分析了周芷若的性情、感情、處事與人生觀之後，我們仍無法找到一個恰如其份的詞語來對周芷若這個人物作出評判。

姑且稱之爲複雜的女人吧！

她的複雜在於多變：由人而妖，由妖而人；由正而邪，由邪而正。

由人而妖，由妖而人

看過《倚天屠龍記》，對周芷若的人格裂變有所思考的人，大約都會認同小說中明教光明右使范遙的一句話：「她是鬼，不是人！」

范遙得出如此結論是在武林各路高手比武少林之時。當時，周芷若身爲峨嵋派第四代掌門，率領衆弟子如約前來，她先是縱容峨嵋女尼靜迦使獨門暗器「霹靂雷火彈」先後炸死司徒千鍾和夏冑，後又派武當敗類宋青書上場用「九陰白骨爪」抓死丐幫兩位長老，武當俞二俠俞蓮舟見宋青書如此作惡多端，決意藉比武爲武當清理門戶，他搶上前去阻止了范遙的叫陣，以精妙武當太極拳法擊得宋青書頭骨碎裂，行將送命。

就在俞蓮舟準備補上一腳，讓宋青書斃命當場的時候，周芷若手中長鞭一揮躍入陣來。

周芷若手中兵器奇特，鞭法更是奇幻。她口口聲聲要先殺俞蓮舟，再取殷梨亭。殷六俠顧念師兄已鬥過一場體力受損，於是主動出劍迎敵。兩人交手，只見周芷若身形輕搖，鞭若柔絲，再加上內力奇詭莫測，仿佛鬼魅身手，招式之間透著妖邪之氣。范遙本以為，當日在萬安寺中，峨嵋掌門滅絕師太寧死不肯出塔比武，或許就是為了保留下峨嵋派的這一絕招，然而在張無忌眼中，周芷若武功亦高，但路數陰毒兇險，與滅絕師太的剛強硬朗大異其趣。他甚至疑心那個他所熟悉的周芷若已經死去，場上惡鬥之人，只是一個借周芷若的形體而現身的鬼魂，或者，就是周芷若習得妖法，魔鬼附身。

張無忌的判斷自有道理。

但周芷若的人鬼之變不在外形，而在內心。更確切講，她不是前一個周芷若的死去，而是這一個周芷若的逆轉。儘管從身形外貌上看她與過去並無二致，但功隨性改，氣由心生，武林之人強調修身養性豈是一句虛言？

所以，周芷若變了，與其說由人變鬼，毋寧說由人而妖——人非人，鬼非鬼。

妖，在中國文化的意象中是一個十分獨特的存在，它一般具備美麗的外形，實質上包藏禍心。妖隱含著邪惡陰毒，變幻奇詭之意，變幻爲表象，邪惡是核心。所以，當一個人由於受到某種誘惑喪失正常心智，做出殆害他人舉動時，我們常常會說她妖魔附體，這種說法的本身實際上包含著人們一種良好的願望：人心本善，這變化與人的本心相違，是一種無法抗拒的力量導致的人性的改變。

妖可以蛻變在今生，如果人們癡迷於邪門歪術，爲達目的不擇手段，喪盡天良，那麼人將變成非人，而是妖；妖也可以蛻變在來世，人死爲鬼尚有好鬼與惡鬼的說法，如果做鬼繼續做惡，而且還善於巧言令色的話，那麼鬼亦非鬼，而是妖。

周芷若是由人而妖，變在今生。

《倚天屠龍記》中，周芷若是出場較晚，變化最大的人物。剛出現時，她是一個楚楚可憐的船家孤女，後來習武峨嵋門下，在衆弟子之中，她也只是一個性情溫順、柔弱謙恭的小師妹。在前往西域圍攻明教的途中，周芷若巧遇了兒時的朋友張無忌，一待相認就關切詢問他的病情，後來又以女性的細心體貼多次幫助張無忌擺脫險境。光明頂上，周芷若雖不敢有違師父，但同樣不願有違內心。倚天劍一偏，放張無忌逃過了生死劫數。一直到此時，在讀者的心中，周芷若不但是一個具有善良本性的人，更是一個溫柔美麗的女人。

是滅絕師太的一個毒誓、一個決定、一個秘密改變了周芷若的命運。更重要的是，這件事本身鼓脹起了周芷若一直存留於內心深處，或許是連她自己都尚未察覺的權欲之心。

不能說滅絕師太沒有告誡周芷若應當如何習武爲人。滅絕師太行事狠辣，但也可稱得上嫉惡如仇，她平生有兩大心願：一是逐除韃子，光復漢家山河；二是讓峨嵋武功領袖群倫，蓋過武當、少林，成爲中原武林第一門派。爲了求弟子周芷若完成心願，她以天下蒼生爲念，不惜跪地相求，還特別囑咐周芷若，取出秘藏兵法，必須擇心地仁善、赤誠爲國之志士傳授，還必須要他立誓驅除胡虜，至於周芷若習武練功也不可操之過急，必須重紮根基，循序漸進，以免誤入歧途。

但在周芷若看來，既受遺命，時不我待。她獲得天賜良機得到寶刀，取出秘笈，當然迫不及待地想儘快練成絕世武功，於是她揀其中陰毒兇險的功夫練了，雖形似卻難神似，雖可戰勝對手卻不能令人心悅誠服。然而，練武之道，心不正，功亦邪，周芷若從習練《九陰眞經》開始就居心不正，自然是功夫漸深，妖氣見長。在靈蛇島上，張無忌爲周芷若療傷，不過感到她陰氣過甚罷了，然而在濠州婚禮之上，她已可用「九陰白骨爪」致人死命，不但指深及骨，而且指尖帶毒；少室山下，周芷若雨夜殺杜氏夫婦，令二人肋骨寸斷；少林比武，武當著名二俠接連上場，對周芷若也只能是全力相拼，以守爲攻，拼其耐力。

周芷若在妖邪之道上漸行漸遠，不是她不能回頭，而是她不願回頭。她由人而妖的蛻變，實際上是由女人而妖女的蛻變。她的蛻變中，固然有著一般女人所缺乏的權欲的左右，也有著作爲一名情竇初開的妙齡少女的滿心妒意。既做掌門，又作女人，這是峨嵋派女弟子周芷若兩全齊美的願望，可事實上，在那個時代，做人（更大意義上接近於做一個男人）與做女人有著全然不同的兩種內涵。

前者要求的是果敢堅毅，事事唯我；後者著重的是兒女情長，恪盡婦道，若非男女在社會期待、道德規範上有此天淵之別，何以峨嵋派自創立以來，歷代掌門皆是出家女尼？滅絕師太先前的得意弟子紀曉芙逃不過一個情字，死在師父的掌下；現在周芷若雖沒有師父守在眼前，但仍有死後變成厲鬼的惡咒相隨，她不願放棄掌門之位，又不願放棄個人情感，就在這樣猶猶疑疑、躲躲閃閃的狀態下與張無忌虛與委蛇，是遵奉師命以美色相誘，還是發自內心一脈情眞，這恐怕連周芷若自己都難以區分。

直到永遠的失去了這份情感，周芷若才明白了它的珍貴。

少林比武後，周芷若作爲掌門人得取了巨大的成功，可作爲一個女人，卻怎麼也擺脫不掉「情敵」的「冤魂」。原來，曾經遭受周芷若毒手的殷離並沒有死去，而是跟隨在周芷若的身後時隱時現，每時每刻都在提醒她曾經作過的惡，曾經欠下的債。

周芷若因爲內心恐懼而尖叫著、奔跑著，她坦白了，但於事無補；她懺悔過，但「陰魂」不散，直到她再一次使出激將之計威脅張無忌的生命，殷離這才現身人前，讓周芷若有了虔心道歉的機會。

周芷若雙膝跪倒，口中嗚咽著的那句「我……我當真太也對你不起。」是發自肺腑的感言，是她一連數日在「冤魂」的逼迫下捫心自問的結果。在上少林之前，周芷若是一心想奪得「天下武功第一」的名頭，然後殺謝遜以滅口的。後來，雖然她的奸計未能得逞，但謝遜因看破俗塵，遁入空門，周芷若的手下也就少了這一個「冤魂」。現在，殷離未死，謝遜猶生，周芷若的人生彷彿又回到了那個由人而妖的原點。並從那一刻起她在良知的召喚與內心的愧疚中，開始了由妖而人的再度蛻變。

由妖而人，對於周芷若來說，是內心的轉變，而從表面上看，周芷若這位峨嵋掌門與往昔並沒有不同。對於周芷若而言，如果說由人而妖，是由女人而妖女；那麼由妖而人，是妖女而成爲女中丈夫。

少室山上，周芷若向張無忌作了最後的一番愛情告白後，就帶著本門弟子悄然離去了。她留下的，是一顆讓張無忌永遠珍藏的少女之心，而離去的，則是一位從此心無旁騖，全力光大峨嵋一派的稱職掌門——一個與武林中其他門派掌門並無二致的，男權社會中的女強人。

周芷若的悲哀，正是《倚天屠龍記》中那個特定年代裡所有女人的悲哀。因爲種種的道德規範，女性是男人的僕從、男人的輔佐，聰明才智只能施展於閨房，權欲野心僅僅限於爭奪家庭內容事務的管理權，至於政治上的雄才大略，那也只能服務於丈夫的事業需求；機變無雙如蒙古郡主趙敏也曾感歎：「我只恨自己是女子，要是男人啊！嘿嘿，可眞要轟轟烈烈的幹一番大事業呢。」趙敏作爲當朝權貴之女，又得到父親的許可統率江湖群豪，可她爲了愛情毅然放棄這一切，最終才獲得了畫眉西窗的夫婦之樂。

相較於趙敏，周芷若簡直是反其道而行之，非但不爲愛情放棄權欲，而且爲了權欲利用愛情。所以我們說，在周芷若從人而妖，從妖而人的轉變中，唯一的衡量是人們觀念中男性「成就大事」的某些品質，比如「量小非君子，無毒不丈夫」、比如「大行不拘細謹，大禮不辭小讓」等，可周芷若權欲過盛，妒心同樣過盛，她有女人的聰穎卻沒有女人的重情，她有男人的膽略卻沒有男人的氣度；直到有一天，周芷若完成了這個女人→妖→人的裂變，一切的恩恩怨怨才歸於平靜與歡樂。

在本書的緒論中，我們就已經提到了，對於張無忌來講，他身邊四位美麗女孩就相當於他社會人生中的四節必修課。從周芷若這裡，張無忌，或者說讀者朋友們與張無忌一起將尋到什麼呢？

是貪心埋禍根，害人終害己嗎？周芷若的人－妖之變是緣於貪心不足，是用情必專，其情必純嗎？愛情是脆弱的，更是聖潔的，一面把愛情抓在手中，一面又準備玩弄於股掌之間，那最終必是情愛世界的赤貧者。或者是人心本善，人間缺乏的不是懲罰，而是呼喚，呼喚良知的回歸，而是非曲直自在人心？

是天道公允，人世間的事冥冥之中無不在維持每一個平衡，失之東隅，收之桑榆，在人何怨之有？

由正而邪，由邪而正

在《倚天屠龍記》中，金庸透過周芷若的人生經歷印證了他每部武俠小說中涉及到的一個共同的命題：何爲邪，何爲正？正邪之間又有何關聯。

金庸武俠小說人物形象設計的正邪之分是非常明確的。在《倚天屠龍記》中，我們多次從明教被冠以「魔教」惡名；從趙敏的「妖女」稱謂；從「武林正派」；「從見死不救」、「千蛛萬毒手」等不同說法中，就可以隱約感到作者對於小說中人物的態度：好與壞、善與惡、正與邪等等，然而，正如潛心研究金庸小說的學者陳墨先生所指出的那樣：「金庸小說中的『正面人物』與『反面人物』之間，有著一個很巧妙而又很廣闊的空間。並且，這二者之間的對立也並不完全是絕對的。除對立之外，還有『模糊』，進而還有『轉化』。這樣，便使得金庸的小說大大的與衆不同了。而且金庸小說人物的這種『正』與『反』，越到後來越是難以分明，越到後來越是複雜。——複雜得如同我們所面對的現實那樣。」（陳墨，《金庸小說謎》，頁二〇一，百花洲文藝出版社，一九九四年版）

周芷若就是這樣一位由正而邪，又由邪而正的人物典型。

其實，在《倚天屠龍記》所描述的武林各門各派中，本來就是正中有邪，邪中有正，邪未必邪，正未必正的。當年中原武林六大門派聯手圍攻明教，他們自稱武林正派，而明教是邪魔外道，可正派高手中，有不少歹毒之人：宋青書是殺叔叛門的邪惡之徒，成昆（圓眞）惡貫滿盈，鮮於道始亂終棄，崑崙掌門何太沖夫婦以怨報德、忘恩負義……而在明教之中，常遇春英勇忠誠，范遙忍辱負重，陽頂天的寬容大度，吳勁草的寧斬不屈等，都讓許多「正派」高手自歎弗如。當年在沙漠之上，峨嵋掌門滅絕師太面對早已無還手之力的明教教徒大開殺戒，一把倚天劍上下狂舞，劍鋒到處，劍折刀斷，肢殘頭飛。只是峨嵋衆人手下一個俘虜的張無忌眼見不平，挺身而出，質問道：「這些人個個輕生重義，慷慨求死，實是鐵錚錚的英雄好漢，怎麼說是邪魔外道？」進而又將矛頭指向了滅絕師太：「那青翼蝠王只殺二人，你們所殺之人已多了十倍。他用牙齒殺人，尊師用倚天劍殺人，與一般的殺，有何善惡之分？」

張無忌的這一質問切中了武林之中正邪之辨的要害。他言辭懇切地請求滅絕師太「慈悲爲懷，體念上天好生之德」，實質上也源於他個人的身世之痛。張無忌的父親張翠山是明門正派武當派的五俠，張三豐最鍾意的弟子，而他的母親殷素素則是天鷹教紫微堂堂主，而天鷹教又是明教白眉鷹王殷天正從明教中分化，自創的門派，在江湖上屬於邪魔外道。儘管兩人情深意篤，又擁有無忌愛子，可回到中原武林，終究逃不過雙雙自盡的厄運。而他們的故事，又在武林中廣為流傳，被看作是正、邪兩道不可交好的生動例證。

彼時武林雖高手輩出，但面對正邪之分卻不免帶些門戶之見。只有武當派開山祖師張三豐胸襟開闊，心懷廣大，他對於正邪兩道的辯證看法，體現出了天下第一高人的眞知灼見。

當年，張翠山在未經師父許可的情況下就娶了天鷹教「妖女」殷素素，後來一家三口回到武當山，張翠山十分擔心師父為此震怒，可張眞人的態度如何？

張三豐仍是捋鬚一笑，說道：「那有什麼干系？只要媳婦兒人品不錯，也就是了，就算她人品不好，到得咱們山上，難道不能潛移默化於她嗎？天鷹教又怎樣？張翠山，為人第一不可胸襟太窄，千萬別自居名門正派，把旁的都瞧得小了。這正邪兩字，原本難分。正派弟子若是心術不正，便是邪徒，邪派中人只要一心向善，便是正人君子。」張翠山大喜，想不到自己擔了十年的心事，師父只輕輕兩句話便揭了過去，當下滿臉笑容，站起身來。

張三豐又道：「你那岳父殷教主我跟他神交已久，很佩服他武功了得，是個慷慨磊落的奇男子，他雖性子偏激，行事乖僻些，可不是卑鄙小人。咱們很可交這個朋友。」

張三豐講這番話的時候，張無忌只是一個十歲左右的孩子，在漢水中飄搖的周芷若年紀更小。可張眞人的這一番話對周芷若來說倒眞是值得銘記終生的金玉良言。

張眞人話中的深意集中在三點：

一是邪正難分，關鍵在於人品。

二是潛移默化，邪正可以轉換。

三是慷慨磊落為人之本，卑鄙小人不值一哂。

以上三點，都是周芷若的「致命大穴」。

人品

先說人品。

周芷若天性善良溫柔，當年漢水之中她服侍張無忌細心周到，臨別又殷勤叮嚀，張三豐對她頗有嘉許之辭。張眞人知道他所搭救的常遇春是明教中人，還特別囑咐常：「你不可讓她（周芷若——著者注）入了貴教。」接著又對周芷若道：「小姑娘，你良心甚好，但願你日後走上正途，千萬別陷入邪魔才好。」

爲了讓周芷若習得武林正道，張三豐親自致函峨嵋掌門滅絕師太，請她收下這位品貌端正的女弟子。因爲在張三豐看來，峨嵋、武當雖同屬武林正派，但峨嵋是武林中唯一以女性居多的派別，周芷若進入峨嵋派，日後習武、交流、生活卻比在武當更具便利。

張眞人一片好心。他不曾料想，當年在少林寺於他有贈羅漢、講公道之恩的郭襄女俠何等正直豪邁，而她所創立的峨嵋門派歷經兩代的發展，雖聲威赫然，但內部爲爭奪掌門繼任之選而進行的權力鬥爭卻愈演愈烈。在同門弟子相互傾軋、互相排擠的過程中，人性的惡卻逐漸呈現出來，使天性善良的周芷若深受感染。漸漸地她的性格言行中多了些陰謀、少了些善良，並最終成為了峨嵋正派中充滿邪惡的掌門人。——看來，天性良善並不等於一生良善，後天的人品修養才是一個人正邪之變的根本所在。

張眞人說，正邪之分，原本可以轉化，人品好乃稱爲正，但一時之正不等於一世之正。正邪之間可以相互轉換的特性要求人們時刻注意自我的道德修爲，既可透過潛移默化的作用使人心向善，又應避免受到消極因素的影響暗中滋長了惡的因數。

潛移默化，邪正可以轉換

周芷若所受到的潛移默化恰恰就是在消極的方面進行。

初入峨嵋的周芷若是善良溫順的。由於入門較順，武功一般，周芷若並沒有引發覬覦掌門之位的幾位年資較長的女弟子的注意，直到有一天，峨嵋掌門滅絕師太發現了周芷若的天資和悟性，言語中對她青睞有加，周芷若這才成爲了衆矢之的。

生活在同門的冷嘲熱諷和居心叵測的環境中是痛苦和無助的，外表柔弱、內心剛強的周芷若選擇了以惡對惡。她縱容自己的權欲日益滋長，她內心中沉睡著的對榮華富貴的渴求和佔有的欲望迸發出來，漸漸淹沒了天性中善良美好的部分，從那個時候起，周芷若開始成爲了峨嵋派弟子中惡的存在的又一代表。——正所謂近朱者赤，近墨者黑，擇善而居有時是不現實的幻想，善於把持住內心的良善才是人生最大的挑戰。

慷慨磊落為人之本

再說慷慨磊落爲人之本。

武俠之道，講求信義，重視然諾。我們在閱讀金庸小說時，常常可以從江湖英雄言談中發現「一人做事一人當」、「路見不平，拔刀相助」、「行不更名，坐不改姓」、「丈夫一言，快馬一鞭」等充滿豪邁的話語。儘管小說人物分屬正邪不同陣營，但他們對慷慨磊落英雄的景仰是一致的，更是由衷的。《倚天屠龍記》

中，司徒千鍾和夏胄遭周芷若指使下的峨嵋派暗器襲擊氣絕身亡，明教頭領青翼蝠王韋一笑和說不得和尙當即奔到兩位屍身前，跪地拜倒，各自打自己幾下耳光以謝自己曾經冒犯之罪，並將他們的屍身抱回自己陣營，準備日後安葬。

慷慨磊落是許多武俠英雄行走於江湖之上的立身之本，它與武功高下無關，與個人品行卻密不可分。周芷若心懷權力夢想，又得受師父遺命，她在靈蛇島上的所作所爲是「聽命」而爲，更是她個人的自覺行動。她偷得寶刀，取出秘笈習練武功，之所以將博大精深的《九陰眞經》所授武功「九陰白骨爪」練成形同鬼魅的獨門陰功，主要原因就是她的心術奸邪，急功近利。金庸在小說中還爲讀者安排了一位神秘的黃衫女郎，她使的是與周芷若同出一門的九陰白骨爪，但懲惡揚善的浩然正氣和精深的武學修爲讓她在舉手投足間充滿氣定神閑的安然，而少了周芷若做賊心虛的膽怯和窮兇極惡。——如果說文如其人，那麼功也如其人，或許，我們可以爲「功到自然成」作出新的解釋，那就是外練功、內修德，兩者結合，自成一格。

周芷若的由正而邪是一個漸變的過程，相比之下，她的由邪而正則是帶有一點突變色彩。人的內心中，往往在這裡或那裡存留著一些最柔軟和最不能觸碰的地帶，周芷若從行為表現上看由正而邪，可從內心狀態上看她在為非作歹的同時也在經受著良知與道德的審判，殷離「冤魂」的出現讓這種審判得以外化和強化，直到有一天，它成為了周芷若無法承受的心理重負，她在這重負下崩潰，醒悟和轉變就此發生。

周芷若的由正而邪，由邪而正的人生經歷是發人深省的，它提示人們個人修為的重要意義，也向讀者昭示了「公道自在人心」的強大力量。周芷若的經歷是一段正與邪的辯證演繹，何為正，何為邪，這本來就是一個涉及社會、歷史、道德甚至是倫常等許多方面的主觀命題，透過周芷若的正邪之變我們明白：

善良是立事的根本。

貪婪是永遠的敵人。

正邪是他人的評判。

心安是自我的追求。

周芷若的人生哲學

附錄部分

周芷若生平大事記

元末年間　周芷若出生在漢水船夫之家。
父親為漢水上的船夫。
母親是襄陽薛姓人家小姐，早亡。

十歲左右　周父運送明教義士常遇春渡漢水，被元軍射殺。
周芷若成為父母雙亡的孤女。

十歲左右　被張三豐救起，在船上結識張無忌。

十歲左右　經張三豐書信引見，投身峨嵋派滅絕師太門下習武。

十至十七歲　在峨嵋派中習武，並得到峨嵋派掌門滅絕師太的賞識。

十七歲左右　跟隨滅絕師太前往西域參加中原六大門派圍剿明教的行動。
行進途中偶遇張無忌，並在暗中給予關照。

十七歲左右	在崑崙山光明頂上奉師父之命用倚天劍刺傷張無忌。
十八歲左右	從西域回中原途中與眾人一起中蒙古郡主趙敏之計，被押解到元朝大都，關押在萬安寺高塔內。
十八歲左右	高塔之中，雖趙敏威逼，其仍不肯示之以峨嵋劍法，緊急情況下得張無忌解救。
十八歲左右	得滅絕師太遺命，成為峨嵋門派第四代掌門。
十八歲左右	得知倚天、屠龍的秘密，決心用計奪取寶刃，練成天下第一武功。
十八歲左右	被金花婆婆挾持，前往靈蛇島。
十八至十九歲	在靈蛇島上目睹倚天、屠龍兩兵器，並經歷明教波斯總教捉拿聖女的海戰。
十九歲左右	使用奸計奪得倚天、屠龍寶刃，並害死殷離，嫁禍趙敏。
十九歲左右	在靈蛇島上暗中取出武林秘笈，並練成九陰白骨爪。
十九歲左右	與張無忌、謝遜一起回到大陸，經過跋涉從東北到達元朝大都。

十九歲左右　在客棧中陷害張無忌義父謝遜。
十九歲左右　設計逼迫張無忌答應與己完婚。
二十歲左右　與張無忌舉行婚禮，但婚禮被趙敏阻止。
二十歲左右　周芷若與趙敏華堂爭夫，周芷若第一次顯露陰功。
二十歲左右　周芷若當衆宣佈與張無忌一刀兩斷。
二十一歲左右　周芷若擔任峨嵋掌門，門派事務治理井井有條。
二十一歲左右　夜探小村刺殺趙敏，未果，傷及無辜。
二十二歲左右　應少林寺元真大師（成昆）之邀，率峨嵋派弟子前往少林寺參加比武。
二十二歲左右　比武得勝，贏得武功天下第一的名銜。
二十二歲左右　倚天屠龍的秘密被揭露，周芷若向張無忌吐露心中苦悶。
二十二歲左右　周芷若離開張無忌，一心當好峨嵋派掌門。
二十三歲左右　周芷若與張無忌、趙敏再次相會，笑談往事。

峨嵋門派傳承圖

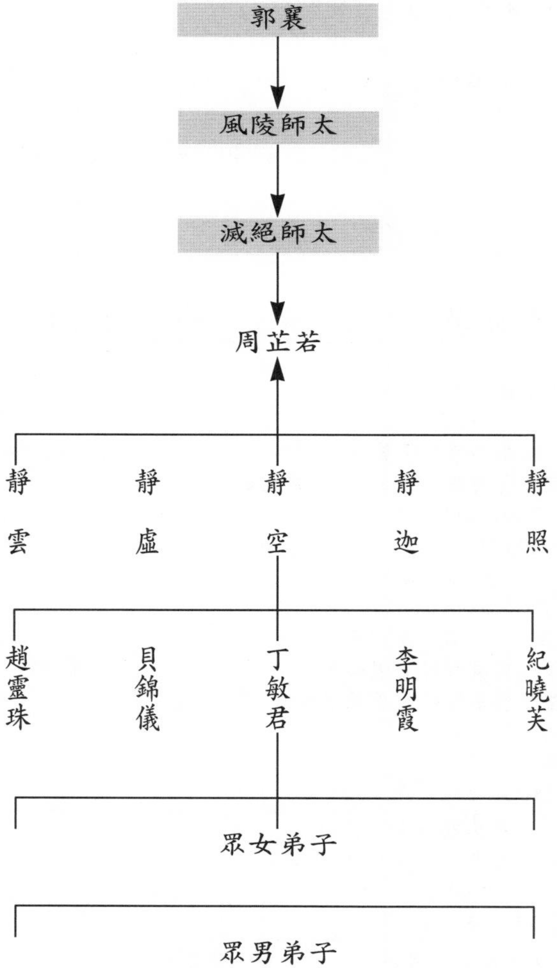

峨嵋門派傳承圖示

國家圖書館出版品預行編目資料

周芷若的人生哲學 / 韓莓著. -- 初版. -- 臺北市：生智, 2003[民 92]
面；公分. --（武俠人生叢書；11）

ISBN 957-818-497-2（平裝）

1.金庸 － 作品研究 2.武俠小說 － 評論

857.9 92003426

周芷若的人生哲學

武俠人生叢書 11

著　　者／韓莓
出 版 者／生智文化事業有限公司
發 行 者／林新倫
登 記 證／局版北市業字第 677 號
地　　址／台北市新生南路三段 88 號 5 樓之 6
電　　話／（02）23660309
傳　　真／（02）23660310
網　　址／http://www.ycrc.com.tw
E-mail／book3@ycrc.com.tw
郵政劃撥／19735365　戶名：葉忠賢
印　　刷／鼎易印刷事業股份有限公司
法律顧問／北辰著作權事務所　蕭雄淋律師
初版一刷／2003 年 6 月
定　　價／新臺幣 230 元
I S B N／957-818-497-2

總 經 銷／揚智文化事業股份有限公司
地　　址／台北市新生南路三段 88 號 5 樓之 6
電　　話／（02）23660309
傳　　真／（02）23660310